Bäume am Abend im Gegenlicht

von

Markus Zosel

Buchbeschreibung:

Der Autor fügt aus Gedichten und Texten ein thematisches Mosaik zu den Grundthemen des Seins im 21. Jahrhundert, indem er sich auf eines der Orakel im antiken Griechenland beruft und dieses in der von ihm beschriebenen Landschaft entstehen lässt. Dodona war, neben Delphi, eine der berühmtesten Orakelplätze des Altertums. Dort wurde mit Hilfe des Rauschens der Blätter einer alten Eiche geweissagt. In einem Nachbau dieses antiken Dodona in unserer Landschaft mischt sich der alte Kult mit der Eiche mit dem hier beheimateten Glauben, in dem neben der Eiche auch ein zauberhafter Garten ist, der von den in der Umgebung Lebenden oft und gern frequentiert wird. Er steht in einer Landschaft, die von weiten hügeligen Ebenen umgeben ist und daher immer abends den Blick auf die Bäume im Gegenlicht ermöglicht, die dort etwas entfernt und erhöht stehen.

Über den Autor:

Markus Zosel. Singer-Songwriter und Schriftsteller. Man benötigt schon ein wenig Mut seine Texte zu lesen, denn man begegnet sich selbst auf die eine oder andere Weise darin. Er ist Autor einer neu und tief empfundenen, umfassenden Menschlichkeit und einer frischen Empfindsamkeit in den immer aktuellen Themenbereichen seiner Werke.

Markus Zosel ist aber auch ein stimmungsvoller sowie einfühlsamer Erzähler, dem es jederzeit gelingt, Spannung unerwartet intensiv und plötzlich in seinen Geschichten aufleben zu lassen, um mahnend und klar vorausschauend ein Morgen zu zeichnen. Er ist Autor von mittlerweile sechs Romanen, mehreren Erzählungen, Kurzgeschichten, einer Novelle und außerdem von drei Gedichtbänden. Ein Roman, eine Erzählung und eine Sammlung von Kurzgeschichten sind in englischer Sprache erschienen.

Markus Zosel ist vor allem aber ein in den USA und Deutschland mehrfach prämierter Musiker, bei dem Literatur und Musik eine einzigartige Symbiose in Entstehung und späterer Wirkung eingehen.

Bäume am Abend im Gegenlicht

Ein Mosaik aus Prosa und Gedichten

von

Markus Zosel

1. Auflage, 2023

Bibliografische Information der Deutschen Nationalbibliothek:
Die Deutsche Nationalbibliothek verzeichnet diese Publikation in
der Deutschen Nationalbibliografie; detaillierte bibliografische
Daten sind im Internet über dnb.dnb.de abrufbar.

Die Quellen der Zitate:
* Hackemann, Matthias: "Orakel, Seher und Propheten. Wie die
Antike in die Zukunft sah". Anaconda. Köln, 2010.
* Lippert, Helga: "Terra X. Vom Geheimbund der Assassinen zum
Brennpunkt Quamran". Heyne. München, 2003.
* Petersen, Walter: "The Poems of Sappho and Others". Digire-
ads.com Publishing, 2018.
* Schroeder, Michael (Hrsg.): "Sappho. Liebeslieder." Anaconda.
Köln, 2018.

Lektorat: Gerd Dahmen
Photo: Markus Zosel
© 2023 Zosel, Markus
Herstellung und Verlag: BoD – Books on Demand, Norderstedt
ISBN: 9783739203461

www.markus-zosel.com

Agape

Prólogos

Vergang und Fortbestand

Im späten Herbst eines fast vergangenen Jahres stand ich vor dem Haus, welches ein wenig entfernt vor dem Ortsrand zu finden war.

Ein scheinbar noch immer häufig genutzter Pfad führte durch das vom Sommer verbrannte Gras seitlich entlang der Straße dorthin. Schräg gegenüber lag das Landgasthaus *Heckenrose*. Es wirkte mit seiner Betriebsamkeit selbst zu dieser Jahreszeit einladend und gastlich. Welch ein Kontrast zu dem Grundstück, vor dem ich mich gerade befand. Dieses schien von der Ruhe des Herbstes umhüllt und doch mehr einem leisen Vergang anheimgefallen, als irgendeiner Form des Fortbestandes.

Vergang und Fortbestand lagen immer eng beieinander und sie waren schon seit Anbeginn an unzertrennlich enge Freunde. Nur ein erster Blick auf sie vermag dabei nicht genau zu unterscheiden, was an sich erfreulich oder geringwertig sei. Und in dieser Betrachtung hatte ich schon für mich selbst begriffen: Alles *ist* in diesem Vergehen und es erfährt eben dadurch seinen Bestand.

Der Wille, das zu ändern, musste lächerlich erscheinen und führte letztlich, wenn man einmal ehrlich zu sich selbst war, nur in die Absurdität und aus aller Ästhetik heraus.

Es mischte sich Traurigkeit in meinen Blick. Bäume waren ein Symbol für Beständigkeit und ihre Jahre trugen nicht nur die Blätter einer weit ausladenden Krone, sondern auch die Erinnerungen und die Hoffnung eines Betrachters in sich. Wenn ein Baum fiel, dann erschien das als Drama einer nicht nachzuvollziehenden Gerechtigkeit. Es war etwas, das in einer anderen Wirklichkeit passieren musste, um akzeptiert werden zu können.

Zwei große alte Bäume, eine Lärche und eine Fichte, waren bei einem der letzten Stürme umgefallen. Sie hatten dabei seitlich die Fassade des Hauses mitsamt dem Dach gestreift. Die Spuren waren deutlich und nicht zu übersehen. Die Wurzeln der Bäume reckten ihre Finger in Richtung des an das Gebäude Herantretenden. Sie schienen in ihrer Verzweiflung nach ihm zu greifen und waren sich dabei doch längst schon bewusst, dass auch ein interessierter Besucher an diesem Zustand nichts mehr ändern konnte. Denn der mangelnde Zufluss der dringend benötigten Feuchtigkeit durch das kühle Erdreich hindurch, würde diesen Bäumen ihren weiteren Bestand nicht mehr ermöglichen und sichern. Sie lebten jetzt noch eine Weile von ihren Reserven im

Stamm und es war absehbar, dass diese eines nicht mehr so fernen Tages aufgebraucht sein würden.

Betrachtete man es einmal genauer, so hatten sich diese beiden Bäume mit dem Vergang jetzt bereits abgefunden und der Weg dahin war ein Warten und Akzeptieren. Mehr nicht.

In dem von einer Mauer umgebenen und verwucherten Garten stand ein mächtiger alter Baum. Dieser musste schon vor dem Bau des Hauses dort gestanden haben. Es war eine Eiche. Lediglich einige der kräftigen Äste waren wohl von dem gleichen Sturm mit unglaublicher Rohheit und Gewalt gebrochen worden wie auch die anderen Bäume am Haus. Die Äste lagen ungeordnet auf dem Boden unter der noch erstaunlich vollen Krone, die zu dieser Jahreszeit herrlich gelb, rot und hellbraun leuchtete. Diese Farbmischung reflektierte die helle Herbstsonne wie keine andere rundherum. Und obwohl alles verwachsen schien, lag doch der Hauch einer tiefen Liebe wie ein unsichtbarer Dunst darüber. Eine Leidenschaft, mit welcher dieser Garten von einer oder mehreren Personen über lange Zeit einmal gepflegt worden war. Man konnte das zumindest erahnen.

Die Geschichte dieses Ortes kannte ich bis dahin nicht. Ich sollte sie später im gegenüberliegenden Landgasthaus erfahren. Sie wird uns einige Zeit zurückführen. Es mögen gut und

gerne zwei oder drei Jahre sein - und diese
Geschichte möchte ich hier nun erzählen.

*

Menschsein

Gehen wir zunächst von der folgenden These
aus: Jeder Mensch ist einzig auf dieser und allen
anderen Welten, die existieren mögen.

Er ist wertvoll und existiert genau so nicht
noch einmal. Es gibt ihn in gleicher Art nicht
wieder.

Er ist nicht vergleichbar. So, wie der Abdruck
seiner Finger oder der Klang seiner Stimme. Er ist
zu einem Menschsein befähigt, welches ihn aus
der Masse all der anderen Kreaturen durch das
persönliche und bewusste Denken heraushebt.

Ein Dasein, das so leicht oder schwer sein
kann. Es kommt darauf an, welchen Rahmen man
der eigenen Existenz bemisst und in wieweit man
bereit ist, Kompromisse für die Durchsetzung
persönlicher Ausprägungen für sich durch die
Zeiten hinweg zu beanspruchen.

In diesen Tagen mochte es daher vielen Personen genügen, ein schlichtes Nachahmen anderer
im Sinne des Zeitgeistes zu vollziehen. Es kann
durchaus sein, dass ein so geartetes Nichtauf-
fallen in der Menge ein gewisses Maß an Sorg-
losigkeit und Beständigkeit mit sich brachte.
Zumindest so lange, bis dieser Zeitgeist sich

wieder änderte und einen erneuten Wechsel herbeiführte.

Raphael war ein Mensch, der seit seiner frühesten Jugend immer eigen handelte und für sich individuell entschied. Mit Beginn der neunziger Jahren des letzten Jahrhunderts hatte er ein Grundstück erworben, auf welchem eine Eiche stand, die ihre Krone weit über den darunter liegenden Grund ausbreitete. Astwerk, das vielmehr ein eigener Kosmos war, wie nur Blattwerk eines erhabenen Baumes im Wind. Klangwerk, welches von entfernten Gedanken und Gestaden zu berichten im Stande schien. Windklang, der die Vergangenheit mit der Zukunft in der Gegenwart verband. In ganz besonderen Momenten konnte es dem darunter Sitzenden so erscheinen, als ob sich der reguläre Fluss der Zeit zu verwischen schien.

Magdalene war seine Tochter und sie war zum Weiterführen seines Gedankens unausgesprochen bestimmt. Lange, nachdem ihm die Kraft dazu ausgegangen war und er nur sporadisch und nicht mehr so intensiv diesem Ort beiwohnen konnte. Denn das, was er dort geschaffen, wuchs nun längst weiter als Allgemeingut und in anderen Händen als den seinen.

So war im ganzen Menschsein immer etwas, das stetig weitergegeben und uns dann nicht mehr allein gehören wird. Weitergeführt von anderen Händen und anderer Sorgsamkeit, in deren individueller Sorgfalt dann der Fortbestand liegt. Es ist nicht schwer zu begreifen, dass sich darin der Kern des Menschseins zeigt.

In der Weitergabe ist das Leben, nicht im Ansich-reißen oder einem erzwungenen Verweilen. Die Plätze, die wir schaffen, sie werden dereinst von anderen übernommen. Ob gewollt, oder nicht: Schaffen wir Orte, die es wert sind übernommen zu werden. Dann sind sie wertvoll für die Menschen.

Harlekin

Tänzer des Mondes
in schlaflosen Nächten.
Sie kommen immer mal wieder selbst zu denen,
die denken unberührt zu bleiben,
in ihrem Sinnen, ihrem Verkleiden
einem Grund gegenüber
und nur der Wirklichkeit verpflichtet.
Tor ist nur der, der sich dann bevollmächtigt,
verantwortlich zu sein an den Dingen,
die geschehen.
Die in Windeseile einfach so vorübergehen,
ohne eigenes Handeln einzufordern.
Und im Mondlicht
mit dem Harlekin verbleiben.

Kapitel 1

»Denn es ist der Schöne, wenn man ihn sieht,
schön:
Doch der Gute,
auch unbesehen,
wird er ein Schöner sein.«

Sappho, Lieder und Strophen aus 9 Büchern

Ein Abend im April (Reminiszenz)

Die Stimmen klangen immer wieder leicht ineinanderfließend durch den weiten Raum der Cafeteria dieses schwedischen Möbelhauses. An- und abschwellende Lautechos, die ihren Widerhall in sich selbst und immer wieder in vielen anderen Stimmen über dem glatten und gründlich gereinigten Boden fanden, auf dem in den letzten Minuten schon eine beachtliche Anzahl von Personen gelaufen waren. Vorbei an Magdalenes Tisch, der seitlich zu dem Weg der Vielen stand.

Sie saß auf der weißen Plastiksitzfläche an einem langen Tisch, der in der Sitzhöhe eines Barhockers gehalten war und an dem viele einen Platz gefunden hätten. Ein Platz, den bis auf sie in diesem Moment nur zwei weitere Personen am äußeren Ende besetzten, die sich lachend und gestikulierend miteinander unterhielten.

Ein Platz mit Blick hinaus auf das Vorfeld des dreistöckigen Gebäudes, in welchem sie sich an diesem Abend befand und das mit dieser Cafeteria unter dem Dach nach oben hin abschloss.

Nichts Spektakuläres, nur ein großzügiger und hallenartiger Raum, den man während des Möbeleinkaufs aufsuchte. Ein Bereich, den man den vielen Besuchern zum Erholen anbot.

Aber es war nicht nur der Widerhall der unzähligen und a-rhythmisch gesprochenen Worte. Laute, die an den vielen an ähnlichen Tischen stattfindenden Gesprächen immer wieder den Weg zu ihren Ohren fanden. Kulminierende Lautereignisse, die bald zu Geräusch wurden, dann wieder zu Laut- oder Wortfetzen.

Da war ein fast unmerkliches Surren, welches diese ganze akustische Situation bereicherte. Es klang durchgehend und schien niemals zu enden. Man musste genau darauf achten, ansonsten war es nicht zu hören. Es war das einzig Beständige in dem Moment, denn selbst das Wetter außerhalb wurde im Dunkelwerden an diesem Abend unerwartet dramatisch.

Ein plötzlicher Schneeschauer entlud sich. Ohne Ankündigung so unverhofft, als ob sich das Wetter dem Durcheinander der ganzen Resonanzen in diesem Gebäude anzuschließen schien.

Das eigentümlich feine Surren trug Magdalenes Gedanken weiter. Immer wieder schaute sie zu den eintretenden Personen am Eingang der Cafeteria.

Ein plötzlicher Krach aus der völlig entgegengesetzten Richtung durchbrach diese Generalatmosphäre abrupt. Sie erschrak, wie die meisten der hier anwesenden Personen. Einzelne Erwachsene und Familien mit Kindern, die ebenfalls mit einem Schlag still wurden und Sekunden später schon wieder in den vorherigen Gesprächsmodus übergingen.

Jetzt sah sie, woher das leise Surren und auch das Geräusch kamen. Eine eher unscheinbar wirkende Frau hatte ihr Tablett an dem Förderband für das benutzte Geschirr unabsichtlich fallen gelassen und entschuldigte sich mit einer leicht erhobenen Hand, während sich der gesamte andere Teil ihres Körpers hinab beugte.

Sie trug eine Jeansjacke, die bequem aussah. Während sie die zerbrochene Keramik aufhob, sah man nur ihren Rücken, der schlank und von der Statur her normal wirkte.

Erst als die Frau erneut ihren den Kopf hob und etwas verlegen die Überbleibsel ihres Missgeschicks auf das monoton surrende Förderband legte, da hatte Magdalene das Gefühl, diese Person zu kennen.

Dieses Förderband surrte beständig weiter, als die Frau schon längst nicht mehr dort war. Sie kam den Weg entlang, hin zum Ausgang, nur ein paar Meter entfernt. In diesem Moment passierte sie den Platz, an welchem Magdalene saß, und beide Blicke trafen sich in gegenseitigem Erstaunen.

»Bist *du* das Eirene?«

»Das darf nicht wahr sein, oder?«

»Doch! Wie geht es dir denn? Bleibst du noch einen Moment? Setz dich zu mir!«

»Gern, wenn ich dich nicht störe.«

»Du störst nicht. Und ich halte dich doch nicht auf?«

»Nein, machst du nicht. Ich bleibe gern.«

Ein weiteres Mal hatten die Personen an ihren Tischen kurz zu ihnen geblickt. Dann waren sie auch schon wieder alle in ihren Unterhaltungen fest eingebunden und nur das Surren des Förderbandes erklang konstant weiter im Hintergrund.

»Wann bist du wieder hergekommen und wo wohnst du, Eirene?«

»Dort, wo auch die Hohepriesterin aus dem alten Haus und dem wunderschönen Garten wohnt.«

»Wieder in unserem Ort? Das ist eine Freude. Aber eine *Hohepriesterin*…«

»…war doch nur ein Kalauer. In der Schule hatten dich alle so genannt, weil du die meiste Zeit bei deinem Vater warst und ihm immer so geholfen hast. Wie geht es ihm eigentlich?«

»Dem Alter entsprechend. Ich helfe ihm in diesen Tagen etwas mehr. Er kann leider nicht so, wie er gerne wollte. Das alte Haus und den Garten, die gibt es aber noch.«

»Das ist herrlich. Ich bin gespannt mehr zu erfahren, nachdem ich nach all den Jahren wieder zurück bin. Darf ich euch besuchen?«

»Gerne, Eirene. Sehr gern.«

Und während außerhalb des Gebäudes der Schnee nicht mehr so reichlich fiel, unterhielten sich die beiden Frauen inmitten all der anderen Personen angeregt. Die Worte ihres Gesprächs mischten sich mit den übrigen und wurden zu einem erweiterten Widerhall auf dem glatten und sauberen Fußboden.

Das Surren des etwas entfernten Förderbandes trug dieses Konglomerat weiter fort.

Nebelwerk

Nebelwerk,
so wie Novembergedanken,
Bänke luziden Wasserdampfes,
die uns zu dieser Zeit des Jahres begleiten.
Unheimlich und doch gewohnt zugleich,
denn das ist die Zeit,
sie ist das Nebelreich.
Nun ist der Moment,
all dies zu akzeptieren,
nicht in Angst

vor den verschwimmenden Formen
zu erfrieren.
Es ist der Weg,
in vertraut Ungewohntem zu navigieren,
sich an dem Vergang
zusammen in dieser Welt zu orientieren.
Und niemals in Bescheidenheit
für sich zu sagen,
darin wird es niemand wagen,
zu bestehen,
um zu versuchen,
einen wahren Grund
für sich selbst
und jeden anderen zu suchen.

Der Besitz

Viele Freunde der Familie sowie Bekannte redeten immer wieder gefragt oder ungefragt gern und umfassend von ihrem *Besitz*. Aber was hieß das denn?

Es gab da nichts, was sie *wirklich* besaßen. Es mochte ihnen eine Weile gehören, es mochte sie im Leben begleiten und ihnen nach langer Zeit als eine Form von Selbstverständlichkeit erscheinen – doch letztendlich gehörte es niemandem.

Mit dem plötzlichen Stopp ihres Herzschlages wanderte es dann, wie selbstverständlich, in die Hände eines anderen.

Das war so sonnenklar, dass man diesen Gedanken gern verdrängte, sich nicht daran erinnerte wollte. Dann ging es zumeist in ein banales Ignorieren über.

Raphael war ebenfalls kein Freund dieser Gedanken. Er wurde sich des Sachverhaltes aber mit der Mitte seiner siebten Lebensdekade sehr bewusst.

Er hatte etwas an sich bemerkt, was ihm eigentlich fremd sein musste, denn er war immer eine aktive und spontane Person gewesen. Es war am besten mit dem Begriff des »Alterns« zu bezeichnen und schwer in einem bestimmten gefühlsmäßigen Bereich einzugrenzen. Einfach nur »das Alter«, welches bei jedem Menschen gänzlich anders verlief und zu unterschiedlichen Lebenszeiten unvermutet begann, drängend zu werden. Sein Leben zählte mittlerweile 75 Jahre und derlei Gedanken waren durchaus angebracht, bedachte man, dass die durchschnittliche Alterserwartung eines Mannes bei gerade einmal 78 oder 79 Jahren lag.

Er bemerkte die Bewegungen, die von ihm eine erstaunliche Anstrengung erforderten. Das war ihm neu gewesen. So hatte er sich vorher nie gespürt. So hatte sich die Welt für ihn niemals angefühlt und derart schien sie sich um einiges langsamer zu drehen. Die Euphorie entsprang seltener seinem Herzen und eher in Momenten der Stille, als in denen voller Bewegung und Elan.

Immer öfter hatte er sich bei Magdalene versichert, ob sie das Haus und den Garten weiterführen wolle. Immer wieder hatte sie das bejaht und immer war da etwas in diesem Blick, welches ihn missmutig stimmte und ihm das Gefühl gab, sie würde das nur für ihn machen und nicht aus persönlicher Bestimmung, obwohl sie das immer wieder lächelnd verneinte.

Es ging hierbei um eine alte und mehrgeschossige Villa am Ortsrand und den Garten, der dem Kern des Heiligtums des antiken Dodona in Griechenland nachempfunden war und seit langer Zeit als öffentlich zugängliche Attraktion der Region galt. Mit dreißig Jahren war es die Freude über diesen Besitz, jetzt mit fünfundsiebzig war es die Sorge darum.

»Du kannst doch nicht die ganze Zeit allein bleiben.«

»Paps, ich brauche im Moment niemanden. Der Garten und die Eiche darin, sie erfordern doch meine ganze Aufmerksamkeit und Zeit.«

»Bleibe nicht allein. Es ist schwierig allein!«

»Ich bin nicht allein – niemals. Nicht unter den Ästen dieses alten Baumes.«

Zumeist endete eine solche Unterhaltung an diesem Punkt. Sie ließ einige Fragezeichen in seinen älter gewordenen Augen und schweren Augenlidern zurück.

»Magdalene, du musst das nicht, wenn du es nicht wirklich willst!«

»Ich weiß das doch, es ist in Ordnung.«, dann ging sie mit einem leichten, aber ehrlichen

Lachen. Das konnte entwaffnen und ihn anschließend sogar zum Lächeln bewegen.

Manchmal verblieb aber eine Träne im Winkel seines Auges und er fragte sich dann, inwiefern sein Besitz ihn und auch sie zu etwas verpflichtete. Welcher Rahmen blieb, wenn man langsam verging?

Dann hörte er die Blätter des alten Eichenbaumes. Er sah sie in den Farben so, wie sie sich im Herbst eines jeden Jahres einfärbten und so, wie sie der Baum sie irgendwann später sanft zu Boden gleiten ließ. Zum Schmuck der Jahreszeit, als Geleit der kühler werdenden Winde und Fortbestand seiner selbst. Das war dann ein sehr friedvoller Gedanke. Weiter nichts.

Glasfront

Ich sah dich durch diese Glasfront.
Habe niemals begriffen,
warum ich nicht hindurch gelangen konnte.
Warum ich zu keinem Zeitpunkt vermochte,
mit nur einem Wort
dich dahinter zu erreichen.
Es wäre wie ein Spiel, das, dies zu begleichen,
viele Jahre der Erfahrung
wieder und wieder bedurfte.
Ich sah dich hinter des Glases Klarheit
und fand dich danach niemals mehr.
Konnte nicht mehr sagen, was ich meinte

und niemals formulieren,
wie sehr der Drang zu dir erschien.
Bleib mir nun verborgen
hinter dem Glas,
durch welches ich sehe.
Bleibe im Geheimen und folge
deinem eigenen Weg,
den ich seither verstehe.

Zu Orakeln

Die Menschen zieht es seit jeher schon zu den Orakeln. Es gibt dort etwas, was sie an alternativen Plätzen nicht zu finden scheinen. Räume, die mit einem anderen Versprechen aufwarten als die gewohnten, die vertrauten und die alltäglichen Umgebungen der eigenen Welt.

Ich wage an dieser Stelle nicht zu beantworten, was genau das sein könnte. Ich vermag dies lediglich zu vermuten. Einige orakeln für sich allein, indem sie die Karten legen oder andere Gegenstände nach einer Auskunft für ihre Geschicke in der Zukunft befragen.

Wieder andere besuchen spezielle Orte. Sie nehmen einen gewissen Weg auf sich, um auf das vorbereitet zu sein, was sich dort zu offenbaren vermag. Sie gehen den Weg zu einem für sie besonderen Ort, der diese Weissagung mit der Hilfe eingeweihter Personen unternimmt. Diese geleiten, übersetzen und vermitteln in einer Art und Weise, dass die gewünschte Weissagung erträglich und zu verstehen sei. Das war schon seit der Antike an Plätzen wie Delphi oder Dodona der Fall.

An letzterem Platz stand eine alte Eiche bei einem kleinen Tempel, der von einer Mauer sacht umschlossen wurde. Nicht zu hoch, so dass der Wind in dem Geäst dieser mächtigen und alten Eiche diese wunderbaren Laute zu erzeugen vermochte, die nur ein Eingeweihter zu übersetzen im Stande war. Mit dem Geäst hoch über der Mauer und mit dem Stamm wohl behütet.

So mag man es sich um 300 vor Christus in Dodona am besten vorstellen. Dort sprach Zeus durch die Geräusche der Blätter und der Äste. Er weissagte in den Lauten der Tauben und in den vielen anderen akustischen Naturereignissen, die sich in und um diesem besonderen Raum ereigneten. Nicht mehr als das - und nicht weniger.

Ganz egal, ob es dort der Zeus und woanders ein Donar war, der in diesen Geräuschen sich dem Lauschen mitzuteilen versuchte: Dieser Platz war dadurch eigen und von einer Weihe für die Anwesenden. Nichts ist schlicht auf den Punkt zu bringen, wenn es in seiner ersten Erscheinung diffus bleibt und sich in solchen unklaren Wegen mitzuteilen versucht. Nichts kann letztlich Erklärung sein, für das, was die Sinne und das Sehnen anspricht. Denn eine Sehnsucht ist es, welche nach der Zukunft des Menschen fragt, nicht der

Mensch selbst. In all seiner modernen Selbstbe-
stimmtheit bleibt der Sterbliche immer der Ratsuchende, der auch Pilger vor 2300 Jahren im
fernen Mediterran war.

Und vielleicht ist sogar der Wind gleich in
seiner Weise, wie er die Blätter und Äste einer
alten Eiche zu bewegen vermag. Wer weiß? Das
bleibt der möglicherweise magischste Aspekt von
allen. Solch ein Ort mag ein Platz sein, an welchem sich die Vergangenheit und die Zukunft in
der Gegenwart treffen und in beide Richtungen
begehbar werden.

Aber das ist nur ein Eindruck von vielen, die
sich schwer belegen lassen. Belegt von dem eigenen Gefühl, das an derlei Plätzen so vordergrün-
dig in Menschen regiert.

Rubinrot

Rubinrot und Lichtstrahl,
welch seltsame Freunde.
Im Funkeln und Leuchten,
so ganz wie Vertraute,
sind sie sich nahe und doch so fern,
wollen einander, haben sie sich gern.
Doch nicht immer ist es gegeben,
sich gegenseitig zu erleben.
Im Erglühen und Gleißen,
um so anderen auch
diese Einheit zu weisen.

Raphaels Traum

Der Mensch ist verwoben mit seinen Träumen. So wie er fest mit den Füßen auf der Erde verbunden ist.

Sie sind allzeit stille Begleiter jeder Lebensphase, können zuweilen bewusst oder unbewusst zutage treten. Zumeist jedoch schlummern sie.

Viele Menschen können einen, vielleicht mehrere Träume benennen. Die meisten liegen aber im Unterbewusstsein, bis sie ein unvorhergesehenes Ereignis aus diesem Dämmerzustand befreit und an das Tageslicht des eigenen Bewusstseins emporhebt.

Ein Ereignis, das eventuell banaler nicht sein könnte. Vielleicht aber auch nur ein Eindruck, der so unvermittelt tief eindringt, dass es diesen irreversiblen Prozess auslöst und folgend nicht mehr aufzuhalten vermag.

Bei Raphael war es Letzteres. Er kam damals mit seiner noch jungen Familie an diesen Ort im nördlichen Griechenland. Der älteste Orakelort sollte die erste Station auf der Tour durch mehre antike Schauplätze in diesem jetzt schon weiter entfernten Frühling werden. Einer kleinen klassischen Bildungsreise nicht unähnlich.

Das war einige Jahre, bevor seine Frau verstarb und ihn zu früh mit dieser geschichtlichen Leidenschaft zurückließ, die auch sie geteilt hatte. Die Tochter war für eine eigene Meinung über solch ein Unternehmen noch zu klein gewesen.

Sie erfreute sich aber mit jedem Mal an den Plätzen mit den so sonderbar aussehenden Ruinen und alten Steinen, die auf eine so ganze andere Welt verwiesen. Eine Welt, die diese Kinderaugen so vorher nicht gesehen haben konnten.

Diese Bilder formten auch bei ihr ein Interesse, welches sie damals nicht zu deuten wusste. Auch Raphael konnte das nicht, denn das war eigentlich nicht seine Absicht gewesen.

Magdalene führte aber ihre heutige Leidenschaft für das Werk ihres Vaters auf diese Momente und solche erste Begegnungen zurück. Es waren tiefe Eindrücke, die blieben. Die Witterung einer persönlichen Bedeutung, die damals im Kindesalter noch gar nicht zutage treten konnte.

Sie erinnerte sich klar an ein Bild, welches sie zusammen mit ihrer liebevollen Mutter auf einer der alten Tempelmauern zeigte. Diese Mauer war nur noch etwa kniehoch gewesen, deswegen konnten beide bequem darauf sitzen. Seitlich über ihnen spielte der Frühlingswind in einer alten Eiche. Sie dachte an das Lächeln im Gesicht der Mutter, wie diese immer wieder hinaufblickte und sichtlich den Klang der jungen Blätter in den mannigfaltigen Verstrebungen des Astwerks in der opulenten Krone des Baums zu genießen schien. Und Magdalene schaute dann ebenfalls hinauf, einfach deshalb, weil ihre Mutter es auch tat. Aber sie vernahm an diesem Tag etwas, was sie selbst mit ihren erwachsenen Worten am heutigen Tag noch immer nicht beschreiben konnte: Zweitausend Jahre zuvor hatten Priesterinnen an diesem Ort aus diesem Rauschen der Blätter Weisungen und Ratschläge des Zeus gedeutet. Genau so, wie sie an dem Tag mit ihrer Mutter lauschte, so lauschten auch die damaligen Priesterinnen den längst vergangenen Lauten. Zwar war der beeindruckende und weissagende Baum nicht mehr derselbe. *Dieser* war vor vielen Jahren nachgepflanzt worden. Aber der Zauber war eigentümlicherweise an dem Ort geblieben. Nichts schien so anders wie in antiken Erinnerungen und Beschreibungen, als Ratsuchende immerwährend zu diesem Tempel in unzerstörtem Zustand kamen, um sich die Weisungen des Zeus aus dieser so eigentümlichen Geräuschwelt deuten zu lassen. Was für ein Privileg.

Und während sie mit ihrer Mutter zusammen der Stimmung im Frühlingssonnenschein anheimfiel, durchstreift ihr Vater das ganze Areal allein und für sich. Er hatte sich das gewünscht und schien mehr als nur glücklich in den eineinhalb Stunden, die beide Familienteile an diesem längst vergangenen Tag für sich waren. Es war wohl auch an diesem Tag gewesen, da der Gedanke in ihm erwuchs, Ähnliches in seiner Heimat und in seinem Garten ebenfalls zu errichten.

Später erzählte Raphael Magdalene einmal ungefragt von den Zeitfenstern, die sich an solch alten und besonderen Plätzen für ihn auftaten. Aufgrund ihrer Erfahrung mit der Mutter unter dem grünen und sanft klingenden Dach der Eiche konnte sie das problemlos nachvollziehen und war damit auf der gleichen Fährte, wie ihr Vater. Kein Umstand des Lebens vermochte das in der Zukunft zu trennen.

Sein Traum war es, ein solches Zeitfenster ebenfalls an seinem alltäglichen Lebensort zu errichten. Zur Freude der dort lebenden Menschen, denn dieser Bereich sollte allen frei zugänglich sein.

Das war sein Bestreben, dafür hatte ihn die Tochter immer bewundert - und deshalb war sie geblieben.

Und tatsächlich kamen die gemeinsamen Momente mit der Mutter in Dodona unter einem heimischen Eichenbaum, der dort zuvor schon zweihundert Jahre gestanden haben musste, immer wieder zurück.

So gesehen hatte Raphael mit seiner Empfindung eines Zeitfensters recht behalten. Und so erwuchs der Traum in vielen Jahren zu einer greifbaren Realität.

Neu Sehen

Hast eigentlich Recht, wenn du sagst,
ich sei ganz eigen.
Hast ja Recht, wenn du glaubst,
mir sei klar,

dass nur einem Weg zu folgen
mein Credo sei.
Doch glaube mir,
nicht einerlei ist die Art und Weise,
wie man mich sieht und wie ich erscheine.
Mit den Füßen im Jetzt
und dem Kopf in dem Morgen.
Glaube mir, oftmals verborgen,
ist der Grund,
warum ich derlei Momente
genau auf solche Art vollziehe -
nicht einfach »jetzt« so bei dir bliebe.
Und einem Drang immer wieder
und zweifelsfrei nachgehe.
Denn ich lebe und will,
dass ich immer wieder.
neu »sehe«.

Das alte Haus

Eirene schaute Magdalene ein wenig verhalten an. Sie traute sich nicht, einen Satz zu beginnen, den sie sich insgeheim schon zurechtgelegt hatte. Magdalene bemerkte es in dem Moment, als Eirene es zu verbergen suchte.

»Was ist denn?«, diese Frage konnte so entwaffnend wirken, da sie mit einer solch zarten Nuance in der Stimme gestellt wurde. Sie war eine Aufforderung zur ultimativen Ehrlichkeit und zu einem Artikulieren, was sonst so nicht zustande gekommen wäre.

»Wollen wir eigentlich wieder Freundinnen sein? So richtige...?«

Eirene realisierte in diesem Augenblick, wie kindlich diese Frage klang und wie sonderbar sie bei der Person gegenüber ankam.

»...ich meine...«, weiter kam sie nicht, denn beide lachten plötzlich ganz ausgelassen über diese sehr umständliche Rhetorik.

»Entschuldige bitte, das war blöd!«, sie fasste Magdalene unbeholfen an der rechten Schulter und verbarg ihr Gesicht auf der dort aufgelegten Hand.

»Wir sind immer Freundinnen gewesen und geblieben, daran hat sich doch nichts geändert.«

»Ich war die vielen Jahre fort und habe...«, sie verbarg noch immer ihr Gesicht auf der Hand, bevor Magdalene vorsichtig ihren Kopf anhob.

»...ich habe auch nichts *von mir* hören lassen. Demnach bin ich es genauso gewesen, oder?«

»Wenn du das meinst?«

»Mache ich.«

»Danke.«

»Für was denn?«

Eirene schaute etwas verdutzt, aber erleichtert zu dem Eingangsbereich des alten Hauses, vor welchem beide standen.

»Ich finde es toll, dass du immer hiergeblieben bist und ihr noch in diesem herrlich alten und verwunschenen Haus wohnt.«

Magdalene strich ihr sanft über den Rücken, bevor sie sich dem Eingang zuwandte.

»Weißt du, das Dach ist an einigen Stellen etwas undicht, die alten Stufen im Treppenhaus quietschen beim Auftreten, aber es ist mein Zuhause. Mutter hatte hier mit Raphael die ersten glücklichen Jahre verlebt und ich bin hier groß geworden. Außerdem gehört es zu dem Garten. Wo sollen wir auch hin? Wohin könnte ich ansonsten gehen?«

»Die Welt kann gar nicht groß genug sein, um von hier fortzugehen, oder?«

»Vielleicht.«

»Es ist wunderschön. So ein Haus gibt man nicht mehr her.«

Magdalene schaute sie für einen kleinen Moment nachdenklich an, bevor sie kurz nickte und ihr mit der rechten Hand signalisierte, mit in das Haus zu kommen.

Beim Betreten des Flures konnte man das Gebäude auch geruchlich wahrnehmen. Vor allem das alte Holz der Treppen und des Geländers. Die Wände und die Decken atmeten nicht nur ein Alter, sie gaben dieses Alter und Wissen auf einer niederfrequenten Ebene so an die Eintretenden wieder. Ein Haus war in dem Moment nicht nur ein Gebäude, in dem man lebte. Es war so viel an Erfahrung reich, dass es die mit den darin Lebenden teilte. Es war wirklich *reich* – reich an Eindrücken, reich an Geschichten und reich an Geschehnissen, die sich innerhalb der von dem Dach geschützten Räume ereignet hatten.

Eine eigene Welt verbarg sich darin. Diese zu erspüren war bei jedem Betreten mehr als nur interessant und bereichernd. Es war die Seele des Gebäudes und seiner ureigenen Geschichte, die dort offenbar wurde.

Melodie

Singe mich hinfort,
doch ich weiß nicht wohin?
In welches Licht -
oder zu welchem Ort?

Dort wo der Mond am Morgen
zu steigen beginnt,
um danach nach zu verweilen
in einem unsichtbaren Blau.
Doch er ist da,
das weiß ich genau.

Das ist es,
worauf ich
in aller Unwissenheit
vertraue.

Besucher

Die Besucher waren allesamt wunderbar. Und das Beste, was sie jederzeit mit sich führten, das waren ihre vielen Fragen. Fragen so wertvoll, wie man sie sich selbst nie ausdenken hätte können.

Sie kamen bei jedem Wetter. Bei Sonnenschein waren es mehr, bei Regenwetter etwas weniger. Eine ältere Dame fragte gar nicht. Sie setzte sich am frühen Abend unter die Krone der schon hoch gewachsenen Eiche und schwieg lächelnd vor sich hin. Das erinnerte Magdalene an ihre Mutter und sie begann sich in einem Moment wieder zu der Situation im griechischen Dodona zurückzusehnen. Dieses stille Lächeln erschien ihr wie Magie und wie die gesamte Kenntnis über das Leben überhaupt.

Diese Dame kam immer wieder und sie verhielt sich jeweils in gleicher Weise. Schweigend und zufrieden dreinschauend. Anders als viele weitere Leute und über einen langen Zeitraum eigen. Auch Raphael fiel das auf, doch er redete nicht darüber. Solange Magdalene sich erinnern konnte, hatte er es nicht getan.

Am interessantesten aber wurde es, wenn Kinder den Garten mit ihren Eltern betraten. Während die Erwachsenen nur zu staunen begannen, nahmen sie den Raum sogleich für sich in Anspruch. Er war da, um belebt zu werden, um darin *sein* und darin spielen zu dürfen. Das war

klar und dabei so einfach. Alles Neue ist Kinderaugen ein Freund. Da gilt es zu entdecken und
nichts kann in diesem Moment ein Grund sein,
das aufzuhalten.

Lachen erfüllte dann den Raum unter dem ehr-
würdigen alten Baum und es steckte sogar die
darin anwesenden Erwachsenen an.

Sanft überdeckte das Rauschen der Baumkrone
die Laute alles Lebendigen und fügte es mit- und
zueinander in eine harmonische Liaison.

Und da war es wieder, dieses Zeitfenster. In
dem Moment stand die Zeit still. Fragmente aus
der Vergangenheit mischten sich mit der Zufrie-
denheit und Ausgeglichenheit der Gegenwart auf
schlichte und nicht aufdringliche Weise. So war es
gut.

Fragte man einige der Besucher später nach
dem Besonderen dieses Gartens und des Raumes,
dann hätten sie genau *das* benennen müssen.
Aber das war sehr schwer, wenn nicht sogar
unmöglich in Worte zu fassen. Das galt es zu
erleben und kein Begriff auf dieser Welt fand den
rechten Ausdruck dafür. Passend war nur die
Anwesenheit in dem ganz konkreten Moment.
Nicht mehr - und auch nicht weniger.

Gottes Atem
Ist in jeder Kreatur, die lebt.
Egal wo,
in diesem,

oder einem
der vielen anderen
Universen.

Jedem Menschen
steht es frei, zu wählen,
ob er in schenkender und gebender Liebe lebt,
oder in zurückgezogenem Egozentrismus,
ohne diesen Atem.

Es steht jedem frei
immer neu zu leben.
Darum entscheide
nun selbst.

Kapitel 2

»Alt ist die Ansicht, schon seit mythischen Zeiten überliefert,
und im römischen sowie allen anderen Völkern
übereinstimmend verwurzelt,
dass unter den Menschen gewisse
seherische Fähigkeiten vorkommen,
von den Griechen Mantik genannt:
Gemeint ist damit eine gewisse Vorahnung,
ja geradezu eine Wissenschaft
hinsichtlich zukünftiger Ereignisse.«

Cicero, De divinatione I 1

Am Wasser

Wie ist es, wenn man die große Stille beschreiben soll? Wie soll man Worte für etwas finden, was nicht klingt. Wort ist Botschaft und Wort ist Klang. Es ist genau das Gegenteil von Stille. Stille wäre ein Blick, der ohne Worte erfolgt. Vielleicht sollte man in diesem Bild den Abend und eine Stille an einem See zu dieser Zeit des Tages zu beschreiben versuchen?

Und wenn der Wind der Atem des Sees ist, dann ist das Licht des vergehenden Tages der Blick dieses Sees. Und man hört entfernt das heisere Schreien vereinzelter Krähen, die an diesem Februarabend zu erregt und geschäftig klingen. Dann hört man den leichten Glockenklang, der sich entfernt aus einem der umliegenden Dörfer sanft erhebt. Darunter aber hört man das leise Anlanden der kleinen Wellen, die der Wind an die Seite des Seeufers trägt, um dem Geräusch des Wassers gewahr zu werden.

Dann ist es egal, ob man alleine ist oder in Gesellschaft schweigend staunt. Es ist egal, weil man nur ein Teil von dem dort Anlandenden ist - niemals der Mittelpunkt oder eine Hauptsache. Das ist wichtig zu begreifen, wenn man sich auf dieses Bild einlassen will. Der Liebreiz der Situation verschwendet sich in der Kühle des eindringlichen Abendwindes und ein Sehnen ist fern. Es ist nur Stille inmitten der akustischen Kulisse, die dieser Situation angehört. Nichts anderes, nur das.

Magdalene liebte diesen Platz an der Wasserfläche des Sees. Sie liebte ihn aus tausend Gründen und konnte doch keinen davon konkret benennen. Er war ihr Zufluchtsort und in den Lichtreflexionen des verklingenden Tages sah sie ihre eigenen Gedanken darauf tanzen wie Irrlichter der Seele oder fortwährend verschwiegene Gewissheiten vergangener Jahre. Das Wasser umschloss und verwahrte, was ihm wichtig war. Es nivellierte die Unwegsamkeit und gab allem einen harmonischen Verlauf. Dem eigentlichen Blick blieb vieles verborgen und nur das Ahnen war stark in diesen Momenten am See. In solchen Augenblicken spürte sie keine Einsamkeit mehr.

Dort gab es nicht Alleinsein und Gedanken, die sich in das Sinnlose zu vertiefen schienen. Dort war der Wind und dort war der Klang eines Mediums, welches so unwirklich und lebensspendend war. Die Reflexionen verbleiben immer an der Oberfläche des Wassers. Betrachtet man sie von unterhalb, dann erscheinen sie wie Strahlen, die in die Tiefe vorzudringen suchen und doch in einer unabdingbaren Unwegsamkeit des Dunkels vergehen. Sie dringen nur bis zu einer bestimmten Tiefe vor, dann müssen auch sie verlöschen, denn der Grund wird nur an den Ufern des Sees von diesem beispiellosen Leuchten benetzt, nirgendwo anders.

Bergrücken limitierten gen Westen das Verbleiben dieses Lichtspiels zum Ende des Tages. Ein verwirrender Umstand in dem Bewusstsein, dass alles im Erleuchten und im Dahinschwinden ist. Selbst Licht in diesen Wassern.

Es gibt Dinge, die gilt es nicht zu begreifen - die muss man nur akzeptieren. Das Vergehen des Tages war eines davon. Alltäglich und gleichzeitig wundersam.

»Sie sind öfter hier, nicht wahr? Ich habe Sie schon einige Male gesehen.«

»Manchmal.«

Sie schaute recht skeptisch hinüber zu dem Mann, der außer Atem vor ihr stand. Es war unangenehm, sich für etwas zu rechtfertigen, das so selbstverständlich und gewohnt für sie war, wie der Besuch an diesem Platz des Sees. Sie mochte die Menschen, doch diese Momente hier waren für sie allein. Dabei wollte sie nicht gestört werden.

»Am Abend ist es schön hier. Da sind die Leute schon wieder alle nach Hause gefahren und das Wasser ist so leer.«

Seine Augen erzeugten bei diesen Worten eine weit ausladende Geste hinüber zum Niedergang der Sonne, deren Strahlen nur noch schwach auf den Wellen der Wasseroberfläche zu erkennen waren.

Magdalene nickte ihm lächelnd zu und zog ihre Augenbrauen ein wenig aufwärts.

»Ich wünsche Ihnen noch einen schönen Abend.«

»Auch Ihnen. Machen Sie es gut.«

Er ging daraufhin in die eine Richtung, sie in die andere. Am Wasser ist das nicht anders möglich, wenn man einander fremd begegnet.

Kein Grund zu eilen

Es gibt wirklich keinen Grund zu eilen.
Alles ist weit vor Dir ausgelegt.
Du brauchst nur die Zeit,
es entdecken zu können.
Man mag viel da hinein interpretieren,
und vieles davon wird haltlos sein.
Nichts aber ist so wichtig wie Geduld,

entdecken zu dürfen.
Erst dann beginnt das Festhalten.
Und ein Traum
in verständlichen Worten
gebannt.

Die alte Eiche

Der Baum war gut und gerne an die 300 oder 320 Jahre alt. Ganz genau hatte ihnen das niemand sagen können. Man bemaß es nach dem Umfang des Stammes und nach der so weit ausladenden und üppigen Krone, mit ihren vielen großen Ästen, die an sich jeder schon für sich ein Baum hätte sein können.

Magdalene mochte ihn, wie einen Teil ihrer eigenen Familie. Jetzt, gegen Ende Mai und zu Beginn des Monats Juni, da stand das Laub in frischer gelb-grüner Farbe und rauschte so wie zu keiner anderen Jahreszeit. Wann immer sie sich darunter setzte, hob der Baum an für sie zu erzählen. Er führte sie zu anderen Plätzen und hinaus aus dem großzügig ummauerten Bereich des Gartens.

Die Borke hatte so tiefe und typische Furchen, dass dieses Muster ihr schon seit der Kindheit nur mehr als vertraut war. Wie eine zerklüftete Landschaft, die man aus einer erdachten Vogelperspektive betrachtete. Mit etwas Phantasie schlängelten sich darin Flüsse und die vielen Moosflächen darauf wirkten wie ausgedehnte Waldbereiche. Die Feuchtigkeit trocknete auf einer solch derb strukturierten und ausgeprägten Rinde nur langsam und sie nährte den Bewuchs darauf.

Dazu kam der beachtliche Schatten, den das Blätterdach über große Zeiträume des Tages darauf warf. Magdalene mochte den dadurch entstehenden Duft, der diesen Baum erst ausmachte.

Das war der Orakelbaum, durch den man in verschiedene Zeitbereiche vordringen konnte, wenn man sensitiv dafür war. An allen Tagen konnten die Menschen in den Garten kommen und Karten mit ihren Wünschen ausfüllen. Über Magdalenes Blog ging das auch digital. Sie antwortete den Personen auf die jeweils von ihnen gewählte Art. Deswegen hatte sie immer einen Stift, die Karten mit den Fragestellungen und ihren Tablet-Computer mit dabei, wenn sie zu dem Baum ging.

Wenn der Wind und der Baum, die sich darin befindenden Vögel oder etwaige andere Geräusche eine Antwort erbracht hatten, warf sie die Karten zurück in einen Kasten, wo sich die Menschen ihre Antwort zu einem selbstgewählten Zeitpunkt wieder abholten. Das war kostenlos und der Garten war, bis auf die Zeit zwischen November und Februar, ganzjährig geöffnet.

Sie hörte die Antworten im Rauschen der Blätter. Die Vögel sangen so anders, wenn die Anfrage zu bejahen war. Es war für sie selbst so deutlich zu hören und so schwer anderweitig zu vermitteln, wenn Fremde nach dieser Kunst immer wieder fragten.

Natürlich waren da die Skeptiker. Frauen mit ihren Männern, die beim Besuch geradezu eifersüchtig zu werden schienen. Junge Männer, die sie beinahe verspotteten und das alles als schöne Geschichten und letztlich Humbug bezeichneten. Aber so, wie auch ihr Vater Raphael die vielen Jahre davor damit umgegangen war, so ging sie mit diesen Begegnungen um. Sie ertrug sie geduldig, weil sie es für sich besser wusste – und vieles so anders hörte.

Kühn

Kühn sollen deine Gedanken sein.
Kühn und nicht ängstlich vor dem,
was die Welt für dich bereithält.
Glaubst du - oder hältst du es fern?
Ist die Tuchfühlung zu nahe,
oder hättest du es gern,
noch so viel mehr zu erfahren,
von Dingen, die vormals unberührt erschienen?
Kühn sollen deine Gedanken sein,
niemals ängstlich oder einer Realität fern,
die nur du allein für dich zu erzeugen vermagst.
Egal, wie sehr auch das Heute erlahmt
und in Arbeit versinkt.
Ein neuer Aufbruch beginnt an jedem Tag...!

Unheimliche Begegnung am späten Abend

Der Garten war besonders. Gerade am späten Abend im gerade zögerlich voranschreitenden Frühling, wenn die Luft erstmalig mild blieb. Magdalene ging dann gern durch den Garten. Wenn es schon dunkel war und der frühe Nachtwind den Ort belebte, so wie es der gleiche Wind es auch mit dem Meer tat.

Immerfort begann ein Rauschen in der Krone des Baumes und dann ebbte es wieder ab. Unbestimmt und nicht vorhersehbar, aber immer harmonisch und auf eigene Art organisch in seinen anlandenden Wellenbewegungen.

Raphael hatte sie als Kind oft mit in den Garten hinaus genommen. Dann, wenn andere Kinder sich fürchteten, weil ihnen unheimlich wurde. Denn alle Formen waren im Dunkel gebrochen und die Orientierung beschränkte sich auf ein Wissen, welches vom Tag her stammte und nicht von der Nacht. Trotzdem war es derselbe Ort und es war derselbe Baum, der seit mehr als 300 Jahren dort stand.

Damals hatte sie der Vater noch an die Hand genommen. Ein Beweis, dass es nicht unheimlich, sondern vertraut war. Und noch heute spürte sie den entschiedenen Griff ihres Vaters in ihrer Hand, wenn sie durch den dunklen Garten schlenderten, in welchem der neue Frühlingswind dieses Jahres seinen Rhythmus auslebte.

Sie waren zunächst im Haus gewesen. Raphael, Eirene und sie. Ein Glas Wein und Worte hinsichtlich der kommenden Tage. Bis dieser Wind sich bemerkbar machte, woraufhin Vater und Tochter beide noch einmal einen kurzen Moment hinauswollten.

Eirene war bei diesem Gedanken zunächst verhalten geblieben. Sie kannte es nicht, am späten Abend noch einmal hinaus in das Reich des Gartens zu gehen. Sie kam mit, tat das aber nicht ganz ohne Vorbehalt. Und das, das war ihr förmlich im Gesicht anzusehen.

Sonderbar, wie sich mit dem Verlassen des Hauses sofort die Atmosphäre änderte und dann das Rauschen des Windes die gedachte Führung übernahm. Eirene blieb nah an Magdalenes Seite und schaute etwas verhalten in die Bereiche, die dem eigenen Auge dunkel und ungewiss verbleiben mussten.

»Ich würde gern wieder zurück...«

»...gleich, gleich. Nur noch ein wenig, du wirst sehen.«

»Wenn du meinst, dann...«

»...ja, meine ich!«, und Magdalene konnte in solchen Momenten sehr ruhig und überzeugend klingen. Eirene nickte ihr zu.

Sie setzten sich alle drei unter der Krone der alten Eiche nieder. Niemals wieder klang sie in dem Jahr, wie an diesem Abend im Frühling. Der Wind bäumte sich etwas auf, dann ließ er wieder

nach. Ein Spiel, das die ganze Nacht so fort-
dauern konnte, wenn man es für sich persönlich
zuließ.

Raphaels Augen wurden unerwartet wach und
er griff Magdalene auf den Unterarm.

Sie wandte sich zu ihm und mit einem Mal
nickte er in Richtung des Eingangs, wo vorher nur
Stimmen und entfernte Musik aus dem Landgasthaus *Heckenrose* gekommen waren. Bruchstücke
von Gemeinschaft und Geselligkeit, die unter dem
heutigen klaren Sternenhimmel so absurd
erschienen, aber real waren.

Dort am Eingang, befand sich eine Person. Im
Moment nur ein Schatten für ihre Augen, der sich
nicht regte und in ihre Richtung zu blicken
schien.

Magdalene erhob sich unter der Laubkrone des
Eichenbaumes und schaute bewusst in die Richtung der dort stehenden Person.

»Können wir Ihnen behilflich sein?«

In diesem Moment hielt auch Eirene sich an
dem anderen Arm ihrer Freundin fest und tat ihr
mit ihren Fingernägeln fast schon ein wenig weh,
bei dem Versuch sie bei sich zu halten.

»Ich habe von Ihnen gehört und weiß, die Zeit
ist gerade wirklich nicht günstig, aber ich habe
Sie vorhin gesehen...«

Die Stimme musste einem jungen Mann von
nicht mehr als fünfundzwanzig Jahren gehören.
Sie war zaghaft, nicht aggressiv oder verstörend.

Sanft schob Magdalene die Hand von Eirene von ihrem Unterarm und bewegte sich auf den Fremden zu.

»Wie können wir Ihnen denn helfen?«

Zunächst sagte er nichts. Er schien sich zu sammeln, schien ein wenig Mut zu finden, um letztendlich mit seinem Anliegen vorzutreten.

Wir sind drüben im Landgasthaus. Doch da ist etwas, was mir keine Ruhe lässt. Ich habe nicht den Mut jemand anderen zu fragen, wissen Sie?«

»*Was* wollen Sie denn fragen?«

»Darf ich denn zu dieser späten Stunde...?«

»Natürlich *dürfen* Sie das!«

Wieder übernahm das Rauschen der Blätter die akustische Situation in diesem Moment.

»Wie ist denn Ihre Frage?«

»Meine Verlobte Clarissa, sie... nein, *wir* bekommen ein Kind und ich bin nicht sicher, ob ich wirklich der Vater bin!«

»Sie sollten *sie* einfach fragen, dann kann sie Ihnen sagen ob...«

»Nein, so einfach ist das nicht. Sie lügt mich oftmals an und...«, dann versagte die Stimme im Dunkel und von Eirene und Raphael war nur ein leichtes, fast unhörbares Flüstern zu hören.

»Vielleicht kann ich helfen. Schauen Sie in den kommenden Tagen einfach mal in den Kasten dort drüben. Auf ihrer Karte steht dann ›Nacht‹ als Fragesteller. Und gehen Sie wieder hinüber.

Die anderen werden Sie sicherlich schon vermissen.«

»Ja, da haben Sie recht. Das werden sie bestimmt. Einen schönen Abend noch!«

»Auch Ihnen.«

»Und... danke!«

»Gern.«

Ich liebe die Zeit

Ich liebe die Zeit,
so flüchtig sie scheint.
So folglos sie vorüber
an einem Nachmittag
wie diesem zieht.
In fahlen Gedanken
hinüber zu Träumen,
die niemals wahr
oder real zu erstrahlen vermochten.
Die niemals Realität werden konnten
oder Erfüllung in mir und dir fanden.
Doch liebe ich sie,
diese Zeit, so unbestimmt.
Die immer wieder vor Augen führt,
wie sinnlos ein Wollen erscheinen muss,
wenn es nicht an der Zeit ist
und auch nicht natürlich
in seinem Fluss...

Liebesschwur

Liebesschwur und Müßiggang,
wie viel davon entlang des Weges,
der endlos weiter jede Biegung nährt
und letztlich
nur nach Hause führt.
Wie viele Worte,
die geschrieben,
in der Sehnsucht
nach dem einen Wahren.
Wie viel war auf diesem Weg,
ehrlich gemeint
und ist doch oftmals unverstanden
verblieben.
Dieser Platz,
er ist der Schwur
und er legt sein Lächeln
so wunderbar auf alles
innerhalb seiner Grenzen und Abmessung.
Und ein Wind durchstreift ihn beständig.
Frei, wild
und ungebändigt.

Blätterrauschen

Und der Wind, er gibt sich hin in dem Rauschen dieser Blätter. Es ist ein Tanz der Vielen, nicht nur eines Einzelnen.

Keine Solostimme vermag diesen Klang hervorzubringen, so, wie es diesem Chor unzählbarer

Stimmen vorbehalten ist. Erst wenn die ureigene Intonation in dieser himmlischen Harmonie gänzlich unwichtig wird und sich im Klang der anderen vereint, dann ist dieser ausnehmend hohe Anspruch erreicht.

Nichts gleicht einem Klang frischer Blätter in solch einer Baumkrone. Polytonales Bewusstsein, welches aus dem Zeitlosen schöpft und dabei das Gegenwärtige erhöht. Vielleicht - ja, vielleicht *so* etwas.

Zu diesem Klingen fügen sich die Geräusche der näheren Umgebung. Ungewollt und ungefragt dringen sie in den geschützten Raum der alten Baumkrone. So, als wollten sie das aufkommende Rauschen hinterfragen, irritieren oder bestätigen. Vielmehr ist es dann ein Miteinander. Ätherisches Glänzen weltenthobener Gefährten in einem Moment voller Leben und brausender Stille.

Man wünschte sich, dass Menschen wie dieser Wind sein könnten. Nicht zu bremsen, grenzenlos reisend, um sich so im Ganzen mit dem Wesen der Welt zu vereinen. So anders wäre dann alles, was unter dieser Krone ansonsten so behäbig und schwer wirkt.

Raphael schaute hinauf, während er wortlos an die Seite von Magdalene und Eirene trat, die beide still auf der kleinen Mauer saßen, welche den kräftigen Stamm des Baumes umrahmte.

»So, wie ihn damals deine Mutter und ich im Norden Griechenlands gehört haben, als du noch klein warst.«, er lächelte zunächst liebevoll zu seiner Tochter, dann etwas verlegen zu ihrer Freundin. »Ich weiß nicht, ob du dich daran überhaupt noch erinnern kannst?«

Magdalene nahm sanft seine Hand und bemerkte die Wärme, die darin zu pulsieren schien.

»Ich erinnere mich im Klang dieser Blätter sehr genau daran. So muss es dort geklungen haben, und so ist es mir heute real. Auch wenn es schon viele Jahre entfernt ist.«

Vorsichtig ließ sie seine Hand wieder los.

»Wie alt bist du da gewesen?«, Eirene fragte das in einem eher sachlichen Ton.

»Sie war so alt, dass sie, ebenso wie ihr heute, mit der Mutter unter der Baumkrone im Schatten sitzen blieb, während ich wie ein Verrückter in den alten Ruinen einer vergangenen Zeit umherlief.«, Raphael schmunzelte nach dem Verklingen dieser Worte und blickte hinab auf die nun zu ihm hinaufschauende junge Frau. Dann hob er wieder seinen Blick und schaute in das helle Grün der unzählig vielen Blätter über ihnen.

»Aber genau *so* klang es. Nichts, rein gar nichts hat sich daran geändert.«

Habe Sehnsucht

Habe Sehnsucht und ich weiß,
dass nur eines mir dabei hilft:
Nämlich, es so zu begehen,

dass ich zunächst vor mir selbst bestehe.
Nicht sinnlos auf diesem neuen Weg gehe
und dabei alles andere belächle,
was zuvor mir teuer und lieb gewesen.
Sage mir, ob es so etwas gibt?
Sage mir, habe ich je wirklich geliebt?
Habe ich jemals an dem Feuer
wirklich real teilgenommen,
oder ist es mir nur so vorgekommen,
als sei es ein Spiel ohne Ziel und Drang
zu erfahren,
was andere längst
für sich erleben durften?

Habe Sehnsucht und ich will,
in meiner Art, doch eher still,
diese Räume weit durchschreiten.
Will noch träumen in dem Glauben,
das Leben wird auch mir
dies noch bereiten.

Auch mir,
ganz ohne Verwehren.

Kapitel 3

*»Man braucht über die aktuelle Lage der Orakelstätten
gar keine Kontroversen zu führen,
denn wir beobachten doch die Bedeutungslosigkeit,
ja vielmehr das völlige Verschwinden
sämtlicher hiesiger Orakel
bis auf eins oder zwei.«*

Plutarch, Moralia 411E

Mäander

Nicht weit entfernt vom alten Haus Raphaels
und seiner Tochter Magdalene begann ein großes
Waldstück.

Ein natürlicher Feldweg führte davor an dem
Waldrand entlang und immer wieder wanden sich
kleine Pfade von dem großen Weg ab und ver-
führten die Läufer in diesen Wald hinein.

Magdalene war hier aufgewachsen und sie
kannte die Wege. In den letzten 100-150 Jahren
war dieses Gebiet eifrig als Forst bewirtschaftet
worden. Man hatte viele Baumarten ausprobiert
und wollte dort auch die Eiche mit ihrer Frucht
und ihrem harten Holz kultivieren.

Nur, ganz im Gegensatz zu dem einen Baum in
ihrem eigenen Garten, hatte der Waldboden nicht
die nötigen Inhaltsstoffe, um die darauf ste-

henden Gewächse entsprechend zu nähren und dadurch einen prächtigen Eichenwald entstehen zu lassen. Die Bäume blieben daher eher klein und es mengten sich die Espen und punktuell weitere Baumarten hinzu.

Die Eichen auf diesem Waldboden wurden älter, aber sie blieben relativ kleinwüchsig. Nach all den Jahren sprach man daher nur von Krüppeleichen, ohne das in irgendeiner Form geringwertig oder abschätzig zu meinen. Dieser Wald war dadurch außergewöhnlich geraten und der markante Wuchs dieser Bäume fügte das gewisse Etwas hinzu.

Alte Borke dehnte sich über die vielen Windungen und Biegungen der Äste, die von in sich gewundenen Stämmen abgingen. Wild und ungezähmt waren sie trotz aller Einschränkungen gewachsen. Zügellos und ungebändigt verspürte man daher auch ein gewisses Gefühl von Freiheit, welches sich jedem vermittelte, der diesen Wald betrat.

Die angrenzenden Roggenfelder hatten schon ihre sanften und langhaarigen Ähren in ihrem zarten und einheitlichen Grün ausgebildet. Diese bewegten sich harmonisch in einem immer stärker werdenden Wind, der heute aus Nordwest kam. Er durchmischte die warme Luft der Vortage mit einer leichten und angenehmen Kühle, die Magdalene guttat.

Sie genoss jeden ihrer Schritte entlang dem Waldrand und blieb unvermittelt vor einem ihrer Lieblingspfade in den Wald hinein stehen.

Die Eichen- und Espenblätter tanzten vor ihren Augen, während sie sich immer wieder zu dem Roggenfeld umsah, das der Wind in seinem Wehen auf eigene Weise tanzen ließ.

Vielleicht hätte sie in dem Moment gern jemanden bei sich gehabt, sie wusste es nicht. Eirene hatte an diesem Nachmittag eigene Besorgungen zu machen und Raphael waren die Pfade im Wald mit seiner Gehhilfe zu mühselig. Sie waren es in den letzten Jahren immer schon gewesen.

Für Magdalene war das gut so und in diesem Gedanken betrat sie schließlich den Wald auf einem Weg, der sich sanft dort hinein mäandrierte.

Glaube

Ich wage es, nicht annähernd
zu beschreiben,
denn Worte, sie scheinen zu wenig.
Viel zu unergiebig zu ergründen,
was in diesem einen Wort
beheimatet ist.
Wie weißes Hell verbindet,
ungesehen und doch real,
in vielen Farben dieser Welt,
lässt es das Weiß
für alle klar erstrahlen.

Nichts ist wahrer als das eine,
unbezweifelbar doch stumm.
In diesem Weiß des Lichts liegt die Wahrheit,
in diesem Weiß, diesem Hell,
dort ist es in uns.

Sturmwind/Gefahr

Magdalene erinnerte sich gut eines Bildes, als sie den Pfad in den Wald hinein betrat: Ein Frosch, den man in lauwarmes Wasser setzte, blieb darin sitzen. Er blieb darin, obwohl sich das Wasser immer weiter erhitzte – und er blieb dort, bis er starb. Ganz unmerklich und ohne weitere Konsequenz von seiner Seite. Versuchte man ihn in bereits heiß gewordenes Wasser einzutauchen, so sprang er zumeist hinaus und lebte nach diesem Schrecken weiter.

Bei diesen Gedanken ging es ihr weniger um die arme Kreatur, die in vielen Feinschmeckerküchen dieser Welt einer solchen brutalen Prozedur unterlagen. Vielmehr war es eine extrem treffende Beschreibung der Gefahr, die sich im Leben langsam anschlich und nicht gleich bemerkbar wurde. Das Schleichende war immer gefährlicher als das, was ganz offenkundig auf der Hand zu liegen schien und sich als solches auch auf den ersten Blick zu erkennen gab.

Mit dem Wind war es an diesem Nachmittag genauso. Er war den ganzen Tag über angenehm gewesen, hatte erfrischt und belebt.

Beinahe zu übersehen war, dass er immer stärker wurde und seine ungezügelte Kraft mehr und mehr auf die Landschaft ausweitete.

Magdalene genoss derweil den Pfad durch die alten Krüppeleichen und das Gras, welches hoch zu beiden Seiten dieses Weges stand. Die Halme schwangen ebenfalls bei jedem ihrer Schritte mit und sie bezog diese Bewegungen auf ihr Voranschreiten, nicht auf den Wind, der von außerhalb auf diese Grasflächen im Wald einwirkte.

Die alten und doch frisch belaubten Baumkronen über ihr begannen diesen Tanz der Gräser vom Boden zu übernehmen. Auch ihr Haar wurde von dieser Dynamik ergriffen und fügte sich in den Moment des Geschehens. Das war, kurz bevor der Wind gleichermaßen ihre Gedanken übernahm. Sie merkte es nicht gleich, sondern wähnte sich in einem Idyll. In einem wunderbaren Bild, in welchem die Sonnenstrahlen durch das smaragdfarbene Blätterdach brachen und den Weg auf den Traumbereich darunter suchten.

Etwas später begann eine Böe durch die alten Stämme zu wehen. Sie trug allerlei Kleinmaterial mit sich, welches sich unverzüglich den Weg in Magdalenes Augen suchte. Es waren die grünen Samen der am Waldrand stehenden Ahornbäume und die der weißen Blüten der Ebereschen welche ihre Sendung sofort mit dieser ersten und fast überraschend starken Windböe aufgaben und sie ihr leidlich zur Verfügung stellten.

Reflexartig zog sie schützend beide Hände vor ihre Augen und bemerkte doch, wie die kleinen Stückchen auf ihrer Bindehaut brannten und irgendwie von dort wieder wegmussten. In dem Moment, wo sie das versuchte, kam bereits der nächste Windstoß, der viel heftiger auf sie einwirkte.

Ihre Ohren nahmen erst das Rauschen, dann das Fauchen des Windes wahr, ohne zu erblicken, was um sie herum geschah. Fiel in der Zwischenzeit einer der etwas trockeneren Bäume, war sie dem völlig unvorbereitet ausgesetzt. Sie hatte unter dem alten Eichenbaum in ihrem Garten oft schon die Erfahrung gemacht, in der Zeit zurück- oder auch voraus sehen zu können. Hier aber war sie einem unangenehmen Moment völlig ausgeliefert, der mit ihr machen konnte, was ihm gefiel. Er nahm dabei keine Rücksicht auf ihr Augenbrennen oder die Tatsache, dass eine Reaktion von ihrer Seite mittlerweile gänzlich unmöglich war.

Kleine Holzstückchen flogen unter den bereits sehr bewegten Baumkronen umher und sie juckten in ihren Haaren auf der Kopfhaut. Sie waren zu klein und zahlreich, um sie sofort dort zu entfernen. Sie waren außerdem viel zu hartnäckig, um sie beiläufig zu ignorieren oder geflissentlich zu übergehen.

Man konnte es mit dem Wasser vergleichen, das sich von einem Sturm getrieben an einer

Felsenküste austobt. Mit Wucht herangetragen und aufschäumend emporgetrieben. So fühlte sie den Wind nun an sich drängen und so erschüttert erlebte sie dieses Anlanden. Es war unangenehm und sie bekam schlichtweg Angst.

Sie war wie der Frosch aus dem genannten Bild in dem lauwarmen Wasser und nun, nun kochte es um sie herum.

Magdalene bekam eines der vielen kleinen Stückchen aus dem linken Auge und sah in Richtung des Waldrandes, der verschwommen, aber deutlich in eine Wegstrecke wies. Diesem Hell folgte sie und bemerkte immer wieder die hohen Gräser an ihren Beinen, die ungewollt darüber streiften.

Traumwort

Traumwort,
es war wie ein Licht in meiner Hand.
War wie ein Zeichen,
viel zu spät von mir erkannt.
War wie Gesang, so weit entfernt.
War wie ein Seufzer erkaltet,
verhärmt.
Traf mich ganz plötzlich, völlig unerwartet,
wie ich gerade begann
erneut Schwung aufzunehmen
und in Ambition mehr als erpicht,
es jetzt richtig zu machen.
Um nicht die Fehler zu bereuen,

hab doch wirklich gedacht,
es wär' die Zeit mit dem Alten
ganz aufzuräumen.

Freitagabend mit Pelle

Etwas ober- und außerhalb der Ortschaft stand eine alte Holzbank, von der man die Landschaft überblicken konnte. Magdalene mochte diesen Platz gern. Auch wenn der Wind immer weiter zunahm und stärker blies, musste sie erst einmal ausruhen.

Gerade im Frühling, wenn die ersten warmen Abende einluden, etwas aus dem eigenen Garten zu gehen und sich dort oben für einige Minuten niederzulassen. So fiel sie in eine Erinnerung aus dem letzten Jahr.

Es war Freitag Abend und unterhalb waren die fröhlichen Stimmen vieler ausgelassener Menschen zu vernehmen, die dort zu einem großen Festzelt zum jährlichen Schützenfest gingen. Es fand immer gegen Anfang Juni statt.

Erinnerungen sind wie Lichtstreifen am Horizont. Sie sind luzide und flüchtige Gebilde, die sich klar vor dem Abendhimmel eines vergehenden Tages abzeichnen. Wie ein Nachklang des Vergangenen, der eine farblich-emotional harmonische Einbettung sucht.

Im Vergehen aber können sie nicht lange bestehen, daher tauchen sie immer wieder auf. Ihr Erscheinen ist ein Mahnen und ein Wunderklang zugleich. Ein Zauber, der wie aus einer anderen Zeit herbeiweht und sich im Heute noch einmal zärtlich darbringt. Nichts weiter, nur dieser sanfte Hauch einer Ahnung, die Gewesenes einst war. So real, dass es vergehen konnte. Manchmal beiläufig, aber deswegen nicht weniger intensiv oder vereinnahmend in eigener Weise.

In Lichtstreifen wie diesen geben sich die Zeiten die Hand. Dort liegt vielleicht der Stein der Weisen oder aber das Tor in ein Wunderland aller Enthobenheit von Zeit und Raum. Wer mag das schon zu bestätigen oder bestreiten? Wer kennt das Wort, welches dieses Phänomen nur annähernd genau zu beschreiben vermag?

Vielleicht vermag nur der Träumer ein solches Bild zu skizzieren, niemals aber vollständig konkret oder dieser Sphäre entrissen.

»Ihr wart immer oft hier oben, wenn das Fest begann. Wie hieß der Junge noch gleich?«

»Pelle. Pelle Lambrecht.«

»Wie lange ist das mit dem Jungen schon wieder her?«

»35 Jahre.«

»Schon 35 Jahre? Herrgott.«

Raphael bewegte mit seiner linken Hand leicht die Gehhilfe, die seitlich der alten Holzbank stand. Eigentlich bewegte nicht er das Gefährt, sondern seine Gedanken, die ihn weit zurück in die Tage von Magdalenes Schulzeit führten. Er machte mit seinen fünfundsiebzig Jahren und seiner Größe von einem Meter siebzig immer noch eine gute Erscheinung, wenn man ihn auf der Straße traf. Natürlich ging alles langsamer, aber die Leute, die ihn kannten und die, die es nicht taten, grüßten ihn immer wieder. Mal für Mal, wenn er in vergangenen Jahren Pelles Eltern getroffen hatte, hat er sofort gegrüßt. So sehr hatte auch ihn das Ereignis betroffen gemacht und er hatte nicht einen einzigen Tag mit ihnen tauschen wollen. Raphael sah am Horizont die Lichtstreifen und wandte sich dann langsam zu seiner Tochter um, die ebenfalls in Richtung dieser zarten Gebilde blickte.

Er saß still neben seiner Magdalene und schaute mild, als er bemerkte, wie sehr sie in Gedanken zu sein schien.

»Denkst du oft an ihn?«

»Ja.«

Pelle und Magdalene hatten zusammen die Mittelstufe der Schule besucht und waren seit dem ersten fatalen Blick auf dem Schulhof nicht mehr zu trennen gewesen. Sie war damals vierzehn Jahre alt und in den Augen dieses Jungen hatte eine ganz neue Welt gelegen. In der Musik, die sie gemeinsam hörten, klang so vieles mehr mit. Der Erdkreis war mit einem Blick ein anderer geworden. Sie hatte sich verändert, ohne dass groß etwas passiert wäre. Es war eben nur dieser eine Blick, der das erzeugte.

Seine kurzen, dunklen Haare hatten ihm ein eher südländisches Aussehen verliehen. Aber das war sie gewohnt von den vielen Urlauben am Mittelmeer zusammen mit den eigenen Eltern. Die Jungs in ihrem Alter, die sie dort getroffen hatte, sie hatten ähnlich ausgeschaut und so musste Pelle ihr vertraut vorkommen.

Eigentlich war er der erste richtige Freund in ihrem Leben und sie hatte bis dahin nicht gedacht, dass danach kein weiterer in dieser Art mehr kommen würde. Tragisch, aber wahr, wenn sie es sich ganz ehrlich einmal eingestand.

Er war so warmherzig und weltoffen gewesen. Wenn sie beide zusammen lachten, dann lachte die Welt. Aber er war auch ruhig und gefühlvoll und ließ nicht einen ihrer Gedanken unbeachtet. Das hatte Magdalene später niemals wieder so erfahren dürfen. In diesem Punkt war sie sehr ehrlich mit sich selbst.

Und genau in diesen Tagen ihrer ersten Annäherung starb er bei einem Unfall im Wagen seiner Eltern, die ihn tragischerweise dabei überlebten. Tragischerweise deswegen, weil sie es in einer Form gezeichnet hatte, die sie zeitlebens nicht mehr abzulegen vermochten. Kinder sollten nicht vor ihren Eltern sterben. Einer dieser Sätze, die sich so leicht aussprachen, der aber in einer unerträglichen Weise wirkte, wenn man in seiner ganzen Konsequenz leben musste. Es hatte nur ein unbeschwerter Ausflug sein sollen, doch es wurde an diesem Tag zu einer Tragödie, nicht nur für die Eltern des Jungen.

Magdalene hatte in der Folgezeit den Fehler gemacht, jeden neuen Freund mit Pelle zu vergleichen. Sie hatte ihn dabei in einer solchen Form überhöht, dass kein anderer an ihn heranreichen konnte, selbst, wenn er es gewollt hätte. Das war ihr heute klar. Nur damals, in den ersten Jahren nach seinem Unfall, hatte sie gar nicht anders gekonnt.

Immer am ersten Tag des Festes hatte sie sich auf diese Bank gesetzt und den ankommenden Menschen zugesehen. Dann war er stets bei ihr gewesen, so wie die Jahre zuvor, wenn sie sich auf ein schulfreies Wochenende gefreut hatten und die Befreiung von den Hausaufgaben in allen Fächern, weil ja das Fest stattfand.

»Ich weiß gar nicht, ob ich mich überhaupt noch einmal verlieben kann? Wirklich nicht!«

Er schaute sie an und antwortete darauf mit keinem Wort, sondern verblieb in seinem milden Blick, den er die ganzen Minuten hindurch beibehalten hatte.

»Komm. Wir wollen hinunter und schauen, wer schon alles da. Das Fest ist auch für uns. Wir wollen das nicht vergessen.«

Dann stand sie auf und lächelte für einen Moment. Sie half ihrem Vater, sich ebenfalls zu erheben, als sich die Lichtstreifen am Horizont langsam zu verflüchtigen begannen.

Im Adyton

Bist dort
allein und abgeschieden
und suchst
nach weisen Worten
diese Welt zu erörtern
oder zu erklären.
Nur
ein sanfter Nachhall
der Wirklichkeit
dringt bis zu dir vor,
wenn du so abgeschirmt
nach dem Licht
suchst.
Vergiss bisweilen nicht,
immer wieder
die Welt auch direkt
und im natürlichen Glanz
wahrzunehmen.

Die Welt ist heute in den Zwang geraten, alles genau bestimmen zu wollen. Begründet und belegt, durch empirische Untersuchungen und frei von jedem Dünkel der Spekulation. Die Sinne dienen lediglich der Erfüllung dieses Anspruches, werden aber bei der Empfindsamkeit gegenüber ästhetischen oder sinnlichen Wahrnehmungen zuweilen völlig ausgeklammert.

Diese Welt erscheint wie ein wogendes Meer, von einem festen Wind angetrieben und mit Wellenbergen, die in ihren Scheitelpunkten und Brechungen jeweils genau geordnet und vorhergesagt werden können. Ein Meer, das seinen Zauber zum Wohle einer Logik einbüßte, die irreversibel ist. Und trotzdem finden sich immer wieder Wellenberge, die nicht so recht in das vorhergesagte Schema passen wollen, die davon abweichen und sich, ganz zur Freude weniger, gar nicht um ein solches Rechenmodell zu scheren scheinen.

In Bestimmbarkeit ist die Welt erklärbar, sie ist aber nicht auf dieser Grundlage zusammengefügt worden. Sie ist nicht im bloßen eins plus eins gefügt, was zwangsläufig eine Zwei zu ergeben hat. Nein, es ist das triviale Chaos, welches aller Übersichtlichkeit den Garaus machen möchte und daher sämtliche dahingehenden Bemühungen durchkreuzt.

Zeit läuft bekanntermaßen beständig nacheinander ab. Minuten, Stunden, Tage, Wochen und Monate, die sich dann in Jahren ansammeln.

Nichts erscheint klarer als das. Und doch hat sich so mancher gewundert, warum Zeit verschieden schnell zu vergehen scheint. War das nur Empfindung? War das wieder nur dieses ästhetische Bestreben, alle wohlgemeinte Ordnung durchkreuzen zu wollen?

Für Magdalene, wie auch für Raphael war es das durchaus nicht. Unter der alten Eiche im Garten war eine andere Zeit, als in der Küche beim Zubereiten einer warmen Mahlzeit am Mittag eines regulären Tages.

Unter der Eiche war es eigener Raum. Dort war Farbe, Wind und Rauschen. Und selbst an Tagen völliger Windstille atmete dieser Baum in einer Weise, wie man es als Außenstehender nicht zu ahnen vermochte. Begab man sich in sein Energiefeld, in seine Aura, so wurde man unvermittelt Teil dieser Welt, *seiner* Welt, die eine ganz andere war. Dort wurden alle Bestimmbarkeiten durcheinandergebracht und es geschah wie in einem Zauber. Nicht erklärbar und gleich den Momenten, wie sie ebenso im Dodona der Antike den Menschen gewahr wurden.

Nichts ist zu klein oder zu groß, wenn man diese Logik für einige Zeit einmal in sein Leben einlässt und ihr das Daseinsrecht zuspricht. Dort öffnen sich die Tore, weit hinaus in die Vergangenheit und die Zukunft, und dort wird dann auch das eigentlich Unmögliche möglich. Nur, *zulassen* muss man es selbst. Jeder Mensch für sich und ohne Zwang. Dann war es da.

Der Nachmittag dieses Tages hatte sich bereits in den frühen Abend geneigt und Raphael entfernte vorsichtig einige vertrocknete Blätter von den frisch geschnittenen Rasenflächen. Die bunten Beete im Randbereich des Gartens an den alt wirkenden Mauern schienen aufgrund der Kürze des Rasens umso zauberhafter und üppiger. Er hatte die Gehhilfe dabei immer einen Griff weit von sich entfernt abgestellt und nahm sich regelmäßig die Zeit, sich daran festzuhalten und kurz auszuruhen. Das leise Kratzen des Rechens auf dem Boden fügte sich harmonisch zu dem Rauschen der Blätter und der Geräusche von Fahrzeugen, welche den Garten passierten.

Warme Lichtstrahlen der untergehenden Sonne griffen tief in den Garten hinein und sie fassten auch nach Raphael in seiner Beschäftigung. Die Geräusche schienen darüber zu liegen. Darunter war nur Licht und eine sonderbare Anmut.

Die Kondensstreifen kurz vorher am blauen Himmel vorbeigezogener Flugzeuge wirkten wie japanische Schriftzeichen oder wie ein großes Spinnennetz, das den Horizont zu umspannen schien. Die kleinen weißen Wolken negierten diese Ordnung und fügten sich mit ihrer leichten Bewegung wohltuend und ignorierend in dieses Muster des Astatischen.

Immer wieder einmal hob der Wind etwas an und auch die Eiche geriet in wohlige und klangvolle Bewegung, bei welcher sie ihre Äste, gleich vieler Springseile, hin- und herschwang. Würdevoll, aber bewegt.

Raphael hatte diesen Garten vor Augen gehabt, bevor er angelegt worden war. Er hatte einige Jahre darauf verwandt und war oftmals einem leicht skeptischen Blick von Magdalenes Mutter ausgesetzt gewesen. Er hatte daran geglaubt. So, wie sie an ihn glaubte und genau so, wie es die gemeinsame Tochter auch heute noch tat. Und trotzdem wog das Licht an diesem frühen Abend schwer. In unbestimmter Weise gab es frische Kraft, nahm sie zeitgleich aber auch wieder.

War er nicht hier, so war dieser Garten sein Sehnsuchtsort und er konnte nur hoffen, dass es seiner Tochter ganz genauso ergehen würde. Kein Gedanke lastete schwerer auf ihm, als dieser. Was war ein Vermächtnis wert, wenn es nicht weitergegeben werden konnte?

In diesem Moment kam Magdalene zu ihm hinaus. Sie hatte einige der Karten eingesteckt, die Fremde mit ihren Fragen zurückgelassen hatten. Und sie hatte eine Karaffe mit Wasser bei sich sowie zwei Gläser.

»Vater, möchtest du etwas trinken? Ich habe Durst.«

»Sehr gern, mein Kind. Danke.«

»Gern.«, und sie füllte sein Glas nicht ganz voll. Sie tat es mit ihrem gleich. Er erwiderte ihr kurzes Lächeln, wie er das Glas nahm. Beide tranken im goldenen Licht einer untergehenden Sonne.

Zeit

Sei mir gewogen,
Zeit.
Du unabänderlicher Verlauf
alles Seienden
und aller Wunder,
die irdisch uns durchdringen.
Sei mir treu
im Vollenden
und im Weitergeben
goldleuchtender Grundlagen
und Ahnungen.
Sei mir Wegweiser
an Wegkreuzungen,
wo Rat ansonsten nicht zu finden ist.

Sei gewahr,
dass ich ganz in dir bin,
auch wenn ich dich letztlich einmal
ganz lassen muss.

Sei mit mir und bleibe mir
in diesem Sinne,
gewogen.

Hardy Pöppelsdorff war nicht nur der Pächter, sondern gleichermaßen der Besitzer des Landgasthauses *Heckenrose* am Ortsrand. Es war nur wenige hundert Meter auf der gegenüberliegenden Straßenseite von dem Garten mit dem alten Baum entfernt.

Viele Gäste von Magdalene und Raphael gingen nach dem Besuch in diesem Garten zu Hardy und er wertschätzte diese Verbundenheit bei jeder möglichen Gelegenheit.

Hardy kam nicht von hier, war aber vor vielen Jahren einfach geblieben. Wohl, weil es ihm spontan gefallen hatte. Einen wirklichen Grund hatte er in all den Jahren niemandem anvertraut.

Er war ein lebensfroher und geselliger Wirt und so, wie man ihn sich idealerweise vorstellte. Raphael hatte ihn seit den ersten Tagen im Ort gemocht, Magdalene war es ähnlich gegangen.

Hardy hatte immer viele Fragen an beide. Und sie hatten auch immer versucht, verständlich darauf zu antworten. Doch die Sache mit dem Rauschen der Blätter des alten Eichenbaumes und der daraus resultierenden Vorhersage irgendwelcher Geschehnisse, das konnte Hardy nur schwer nachvollziehen. Aber er machte das auf eine wohlwollende Art und nicht in Agonie.

Wenn er nicht mehr weiter wusste, dann begann er herzlich und ungehalten zu lachen und Magdalene tat es ihm anschließend gleich. Aber er fragte immer wieder und in regelmäßigen Zeitabständen, wenn sie beide oder Magdalene allein seinen Landgasthof erneut aufsuchten.

An diesem Abend aber trat Eirene in das Lokal und wählte einen Platz am seitlichen Ende der gemütlichen und breit gehaltenen Theke des Wirtes.

»Was darf es denn sein?«, Hardy lächelte dabei in gewohnter Manier, als er die Wiedergekehrte erkannte.

»Mensch, das darf doch nicht wahr sein, Eirene...! Das ist ja schön. Seit wann bist du wieder hier bei uns? Bleibst du?«

»Hallo Hardy. Ich bin wieder hier, erst seit einiger Zeit.«

»Was darf ich dir jetzt bringen?«

»Mach mir ein Pils fertig.«

»Ein kleines?«

»Ja, bitte!«

»Kommt sofort...«, er schien leise vor sich hin zu singen und bewegte sich elegant zu den drei Zapfhähnen seiner Theke.

»Du hast bestimmt viel zu erzählen oder?«

»Klar.«

»Wäre ich gespannt drauf, wirklich!«

»Was immer du willst, ich erzähle es dir.«

»Das ist fein und hier ist dein Bier. Lass es dir schmecken.«

»Das mache ich.«

Und er ließ seinen Gast erst einmal allein und wollte nicht die ganze weitere Zeit Fragen stellen.

Etwas hinter Eirene saß eine Frau in vorangeschrittenem Alter. Eirene bemerkte sie nicht, als sie wortlos und angespannt aufstand und sich von hinten auf sie zubewegte. Ihr Blick war fest auf

Eirene gerichtet und sie wirkte etwas angetrunken. Ihre Kleidung verriet diesbezüglich keinen Grund. Sie schien gepflegt, wenn auch ein wenig farblos. In diesem Areal des Gasthauses herrschte ein eher gedämpftes Licht, so dass die Farben sowieso nicht so in den Vordergrund getreten wären.

Kurz hinter Eirene hielt die Frau inne und atmete hörbar ein. Erst in diesem Moment bemerkte Eirene die Person und erschrak ein wenig. Sie stellte das Bierglas auf der Theke ab und drehte sich der unangenehm nahe stehenden Person zu. Die Frau aber starrte sie weiter an und sagte kein Wort. Eher aus Verlegenheit begann Eirene.

»Ja, bitte?«

Hardy schaute etwas entfernt von hinter dem Tresen und er bemerkte auch die neuen Gäste, die zeitgleich im Außenbereich des Landgasthauses Platz genommen hatten. Er ging zuerst zu ihnen hinaus, um ihre Bestellung aufzunehmen.

»Dass du dich überhaupt noch einmal nach Hause traust?«

»Was meinen Sie denn, ich...?«

»Du weißt ganz genau, was ich meine. Du Flittchen!«

»Vielleicht verwechseln Sie mich? Ich weiß gar nicht ...?«

»Hast du jetzt lang genug mit der anderen Frau zusammengewohnt? Treibt es dich nun doch wieder in ein geregeltes Dasein zurück, du mondäne Lesbe?«, das letzte Wort hatte sie ein wenig hinausgezögert.

Eirenes Hände begannen zu zittern. Ihr Herz schlug unregelmäßig und viel zu schnell. Sie fühlte sich in der ungewollten Zusammenkunft mit dieser verbal aggressiven Frau ihr gegenüber definitiv nicht wohl. Sie versuchte, woanders hinzublicken, doch immer wieder fing sie der stechende Blick der beiden dunklen Augen ihr gegenüber ein und schien sie zu einer eigenen Reaktion zu nötigen.

»Der Alkohol hat Sie ihrer Höflichkeit beraubt und in einer unschönen und rüden Weise sehr ehrlich sein lassen.«

»Das ist nicht nur der Alkohol. Deinen Eltern war es peinlich zu wissen, dass du...«

»Jetzt ist es aber genug«, Hardy kam soeben von der anderen Seite durch die Eingangstür in das Gasthaus zurück.

»Setz dich bitte wieder an deinen Tisch und lass Eirene in Ruhe ihr Bier trinken. Haben wir uns verstanden?«

»Ja...«

Diese Zustimmung dem Wirt und Inhaber gegenüber kam eher widerspenstig und zähneknirschend. Ein kalter, beißender Blick blieb einige weitere Momente an Eirene heften,

»Ich will dann auch gleich zahlen, Hardy«, sagte sie, merklich aufgebracht von dem nicht stattfindenden Disput mit der Frau an der Theke. Hardy nickte nur und ging sogleich zu ihr, um das Geld anzunehmen.

Eirene drehte sich wieder dem Thekenbereich zu und wandte sich von der Szene hinter sich ab. Stimmen drangen leise von außerhalb und innerhalb des Raums an ihre Ohren.

Aber es waren sanfte Stimmen, die sich ruhig und wohlwollend miteinander unterhielten. Ein leises Lachen durchdrang punktuell diese akustische Kulisse.

Zerschnitten

Worte
können ein Gesicht zerschneiden
und es in Unkenntlichkeit
in seinem Fortbestand
zurücklassen.
Eine Reaktion,
die nur einem Gefühl geschuldet
und nicht zuvor
durchdacht
worden war.

Ein Wort
kann auch Waffe sein.
Scharf, wie ein Dolch
und schneidend,
in der zarten Haut eines Gesichtes
gegenüber.

Zerschnittenes Selbst,
welches so nur zu Unmut fähig ist
und die wunderbare Gabe
der Güte verlor.

Hüte dich davor!
Ach Mensch,
hüte dich davor!

Gebrochenes Wasserglas

Die glatte Wasserfläche wurde nur sanft in dem leichten Hauch des Windes hin und her bewegt. Grünlich erschien alles, was sich darunter in ständiger und müheloser Bewegung befand. Zwei schmale Geländer führten beidseitig mitsamt einer steinernen Treppe hinab in das Wasser, um den Badenden einen sichern halt beim Ein- oder Ausstieg aus dem Nass zu ermöglichen. Und das Wasser nahm sich so viel dieses Geländers, wie es zu jeder Zeit und zu jedem seiner Wasserstände beanspruchte. Wenn das Wasser im Winter zu tief stand, schien dieses Geländer so sonderbar nutzlos viel zu weit darüber zu stehen. Doch das war jetzt nicht so.

Der Blick in Richtung der Nachmittagssonne eröffnete ein irisierendes Flirren des Lichts auf der Wasseroberfläche. Es war ein ständiges Tanzen. Ein Ballett, das nur von der Musik des Windhauchs angeleitet wurde und niemals zu enden schien. Zumindest nicht an diesem Nachmittag, an dem Magdalene erneut an den See gefahren war.

Wie arm mag der sein, der dieses Ballett noch niemals gesehen, noch diesen Wind jemals vernommen hat. Leise und so unaufdringlich wie ein wohliger Gedanke im Angesicht des mittlerweile begonnenen Frühlings. Aber eben nur ein Hauch und nicht mehr.

Magdalene richtete wieder ihren Blick hinab zu der Stelle, wo beide Geländer mit der Treppe in das Wasser eintauchten und darin zu verschwinden schienen. An dem Bereich, wo das fortlaufende Metall von der Wasseroberfläche umschlossen wurde, dort wurde es auch von diesem Wasser gebrochen. Es bewegte sich danach weiter mit sanften Bewegungen in grünlichem Licht.

Eine sonderbare Illusion des Unbeweglichen, welche für einen Moment scheinbar seiner Starre enthoben wurde. Ein Trugschluss, der in diesem Augenblick klar vor Augen lag und seinen Beweis darin fand. Kompromiss eines selten intensiv durchdrungenen Momentes und ein Verweis auf die reelle Möglichkeit aller Absurdität.

Magdalene lächelte in ihrer Unbekümmertheit an dieser weiten Wasserfläche, nur etwa vier Kilometer von ihrem Zuhause entfernt und immer wieder an diesen Wassern tief atmend, um den Klang der Eiche später wieder klar vernehmen zu können. Raphael brauchte das nicht, sie schon.

In der Entfernung fuhren kleine Boote. Sie waren ähnlich von dieser Seefläche eingefangen, wie sie selbst. Nur, sie waren in Bewegung, während sie auf den Stufen der Treppe am Ufer still verharrte und sich der Zeit in ihrem momentanen Stillstand überzeugt ergab. Es sollte rennen, wer rennen wollte. Ein wirkliches Ideal konnte dieses Hetzen nicht sein. Es war für so vieles *nicht* gut und für sie war es keine Antwort auf nur eine der Fragen gewesen, die sie zu stellen bereit war.

Der leichte Wind, er war ihr Verbündeter, der zu ihr durch die Äste und Blätter des alten Eichenbaums sprach. Hier war er ein Freund, der ihr diese Ruhe zu schenken in der Lage war und zu allem anderen schwieg. Nichts mehr bedurfte es in diesen Momenten; nur des Wassers und des Lichtes - und des gebrochenen Wasserglases zu ihren Füßen.

Niemals zweifelnd

Niemals zweifelnd,
niemals grübelnd,
vor dem Weg, der offen lag.
Wo sich Sonne, wo Gewitter,
sich hinter Landschaft
und Wetter verbarg.
Wo ein Himmel, weit wie Wasser
alles sanft und gut umfasste.
Wo ein Traum, wie eine Wolke,

vor dem Sonnenlicht verblasste
und den Tag noch wohlig wärmte.
Niemals zweifelnd ungetreu,
dem eigenen Gesetz der Dinge selbst.
Ich habe nicht das Recht in Gründen,
die die Zeit schreibt, einzugreifen.
Kann nur sehen und begreifen
und letztlich akzeptieren.
Wie auch immer sich es vollzieht.
Wie auch immer es sich begibt.

Tag- und Nachtgleiche

Raphael war an diesem Abend mit der der Außenseite der Gartenmauer beschäftigt, als ein Wagen hinter ihm auf der Straße anhielt. Er hatte die Gehhilfe neben sich abgestellt. Es war ein Rollator, der etwas größere Räder hatte. Die ermöglichten ihm im Garten ein besseres Vorankommen. Heute Abend aber hing eine Dose mit weißer Farbe geöffnet an dem einen Griff des Gefährts. In seiner rechten Hand hielt Raphael einen mittelgroßen Malerpinsel, mit welchem er die Risse zu übermalen suchte, die im Winter in die Mauer gebrochen waren.

Es war an diesem Abend lange hell geblieben und er führte dieses Malen wie eine Form von Meditation aus. Den Wagen hatte er längst schon bemerkt. Nur reagierte er nicht gleich auf ihn. Auch nicht auf die Person, die in dem Moment die

Fahrertür öffnete und sich mit einem eleganten Schwung aus diesem Wagen hinaus bewegte.

Wer konnte jetzt etwas von ihm wollen? Es war bereits nach 20 Uhr und der Wind trieb sanft seine Hand beim Bedecken der Risse in der Mauer an. In Bewegungen, die denen eines Dirigenten glichen, der sein Orchester mit aller Genauigkeit und Sorgfalt anleitete. Harmonische Linienführungen, die die Risse gut zu verbergen suchten. Regelmäßig tauchte er den Pinsel dabei in die Dose an seiner Gehhilfe ein und immer wieder tropfte dabei etwas dieser hellen Farbe auf das frische Gras darunter. Dann trug er den nächsten Pinselstrich auf, bevor er von hinten angesprochen wurde.

»Guten Abend Raphael. Schön, dass ich dich hier persönlich antreffe.«

»Wilhelm, hallo...!«, es war der Briefträger des Ortes, der immer mal wieder die Post am Abend zustellte, wenn die Bewohner am Tag nicht anzutreffen waren und diese Post wichtig erschien.

»Ich habe hier ein Schreiben für dich!«, und er hielt ihm einen weißen und eher unscheinbaren Umschlag hin.

»Dass du dir aber auch die Mühe machst. Du hast doch schon Feierabend. Warten sie denn zuhause nicht auf dich?«

»Ich bin ja quasi auf dem Weg dorthin. Nur *der* hier scheint wirklich wichtig zu sein.«

»Oh, ja? Wieso denn?«

Raphael zog dabei die Stirn in Falten, weil sich Wilhelm sonst nicht derart viel Mühe gab, die Wichtigkeit eines Schreibens so sorgfältig zu betonen.

»Es ist von einem geologischen Institut der Universität in der Stadt. Ich habe davon heute schon ein paar an andere Leute im Ort zugestellt. Aber du wirst ja sehen.«

»Nein, warte mal. Um was geht es denn? Du kannst es mir gern jetzt schon andeuten. Ich habe die Brille gerade nicht dabei.«

»Im Großen und Ganzen geht es wohl um so etwas wie eine geologische Verwerfung im Boden. Einige Häuser im Ort sind betroffen. Deines ist wohl auch eines davon. Der Bürgermeister hatte die Universität mit der Untersuchung des Ortgeländes beauftragt und die haben vor ein paar Wochen den Boden gescannt und noch weitere Begutachtungen gemacht.«

»Wie kam er denn darauf?«

»Einige Häuser im Ort hatten markante Risse in den Fassaden, die erst neu und seltsam plötzlich aufgetreten waren. Der Boden senkt sich wohl schneller ab, als gedacht.«

Raphael hielt bei diesen Worten einen Moment inne und schaute auf die mit weißer Farbe getränkte Spitze seines Malerpinsels und auf die Stellen in der Gartenmauer, die er soeben gestrichen hatte.

»Ja, die Risse hier an diesem Haus haben sie auch gesehen, Raphael«, und er nickte in Richtung des alten Gebäudes, das etwas weiter links der beiden in dem eingefassten Bereich stand.

»Wird man das nicht reparieren können?«

»Im Boden? Sehr unwahrscheinlich. Aber dann musst du den Brief erst einmal selbst lesen, da steht eine Menge dazu drin.«

»Ist gut, Wilhelm. Ich danke dir.«

»Nicht dafür. Und grüße mir Magdalene!«

»Mache ich gern. Bis morgen.«

»Bis morgen, Raphael«, dann ging er zurück zu dem Wagen und stieg mindest genauso elegant wieder ein, wie er zuvor ausgestiegen war. Nur, Raphael blieb zunächst für einige weitere Momente stehen und nickte Wilhelm nochmals zu, als der an ihm vorbeifuhr. Dann tauchte er den Pinsel ein letztes Mal in die Dose mit der Farbe und beließ ihn darin.

Fehlfarben

Falscher Glanz,
den das Licht von diesen Nuancen
unverhohlen zurückwirft.
Dissonanz
im Dreivierteltakt
und lustloses Wertegebahren
an einem langen Tag
des Jahres
- auch einer langen Nacht.

Gleich im Hell
und gleich im Dunkel.
Dort,
wo alles geebnet zueinander tritt,
dort ist schwer zu erkennen,
was gewichtiger
oder zugleich im Bedrängen stärker.
Fehlfarben im Licht der Sonne,
sowie im Glanz der Sterne.
Wohlfühlen
würde ich mich gerne,
nur irritiert das Dasein
dieser Fehlfarben
am Tag
- und in der Nacht.

Nachtbeginn

Magdalene saß unter den Blättern des alten Eichenbaumes. Sie hatte die Kärtchen in der Hand, die heute und gestern eingeworfen worden waren.

Es waren wieder sehr persönliche Fragen und eine, den den Fortbestand eines ganzen Haushaltes betraf. Was sie die Leute alles fragten, das wunderte sie manchmal schon. Es war eine Form des Zutrauens, die der Welt in den letzten Jahren eher verloren gegangen war.

Es war traurig, mit anzusehen, wie sehr viele sich rhetorisch bemühten etwas von dem wiederzuerlangen, was für lange Zeit verloren schien.

Gerade die Kommunalpolitik hatte vermeintlich handfeste Belege für ihre Argumente, die die Leute schlichtweg zu ignorieren suchten und sich lieber in persönliche Konstrukte aller Angelegenheiten flüchteten. Schlichte Lösungen boten sich da eher an. Solche, die schnell zur Hand waren. Dass das nicht das Ei des Kolumbus sein konnte, war klar. Dass ihr Vertrauen auf einem völlig anderen Fundament stand, auch.

Magdalenes Aussagen beruhten nicht auf Fakten, sondern auf Ahnungen, die sie hier an diesem vertrauten und von außen geschützten Ort bei der Eiche bekam. So war es zweieinhalb Jahrtausende im Norden Griechenlands schon gewesen und so hatte es ihr Vater für viele Jahre ebenfalls selbst hier praktiziert.

Sie vermochte dieses Tor aus der Zeit hinaus nicht zu beschreiben. Es war definitiv da. Auch, wenn es nicht jedem einen rein logischen Zugang gewährte. Die Wissenschaft musste es negieren und augenzwinkernd hinnehmen. Für sie aber war es so real, wie die Karten, die sie sanft in ihren Händen hielt und die es an diesem Abend zu beantworten galt. Denn die ihr Vertrauenden warteten, sobald die Frage einmal ausgesprochen wurde. Das war die alte Regel.

Als sie diese Gedanken noch nicht ganz zu Ende gedacht hatte, hob der Wind sanft an und das Blätterdach über ihr begann zart zu rauschen. Viele Nuancen eines kommenden Sommers lagen darin. Farbtöne, die man besser malen konnte, als sie mit Worten zu beschreiben.

Gedanklich war sie nun in dem Klang und flog hinfort, obwohl sie noch immer unter dem Baum saß. Sie sah Bilder und ging durch Pforten, die sich nacheinander zu öffnen schienen. Diese forderten sie regelrecht dazu auf voranzugehen, nicht stehen zu bleiben und immer wieder weiter voran zu sehen. Magdalene hatte nichts getrunken oder etwas Anderes zu sich genommen, aber es passierte immer auf die gleiche Weise. Und der Raum war dazu der Katalysator, der alles klar vor ihren Augen darbrachte.

Als sie wenig später wieder zu sich kam und feststellte, wie angenehm es war, gerade jetzt neben diesem Baum zu sitzen, da senkte sie langsam ihren Kopf und beantwortete die Fragen auf den Karten in ihrer Hand. Bedächtige Schriftzüge verrieten, was ansonsten verborgen geblieben war oder später erst den Weg zu den Betreffenden gefunden hätte.

Magdalene hatte gerade die Kappe auf die Vorderseite des Stiftes gedrückt, da sah sie Raphael, wie er mit Eirene durch das Tor des Gartens von außen hinein kam. Beide gingen auf sie zu und unterhielten sich angeregt. Und Raphael hatte einen Brief in der Hand, der sich im Takt seiner Schritte mit der Gehhilfe sanft an ihn fügte.

Zeitenklang

Gerade in der Nacht,
da hörst du ihn.
Zeitenklang
in dunkler Weite
eines Universums,
das sich auf diese Erde niedergelegt hat
und sie mit seinem Raum
einhüllt.
Dieser Klang
ist nicht wie alles Andere.
Ist nicht Harmonie,
noch melodisches Voranschreiten,
sondern verbleibt diffus.
Dieser Raum gewährt dir
ein Eintreten
für wenige Stunden nur.
Zeitenklang
verfliegt dann wieder
und kehrt zurück,
mit jeder neuen Nacht.

Morgenreich

Dieser Morgen war bewegt. Das Wetter hatte umgeschlagen und ein kühler Wind blies durch den alten Garten. Was gestern wohltuend wärmend war, schien heute irritierend und bewegt.

Magdalene mochte diese Morgen eigentlich. Sie erfrischten und brachen aus der wohlig voranschreitenden Routine eines regulären und eher ruhigen Tages. Sie durchbrachen das behäbige Wohlsein auf Kosten einer Spannung, die mit dem Wetterwechsel einherging.

Gräser an den Enden der Rabatten wiegten sich ungestüm im immer mehr aufbrausenden Wind. Mächtig erbebte das frische Laubdach der alten Eiche. Der ungestüme Wind griff dort kraftvoll hinein und ließ ebenso wieder von ihm.

Die Vögel, die sonst immer den Morgen begleiteten, verblieben verschreckt und schrien eher panisch, als dass sie sangen. Jedes Mal unterbrach ein weiterer Windstoß dieses Klagen von neuem. Der Garten war in Aufruhr, genauso wie die Welt um ihn herum. Nur die Silhouetten der entfernten Bäume hinten am Horizont schienen unbewegt und blieben fast regungslos in ihrer Distanz.

Magdalene hatte sich ein wärmendes Tuch über ihre Schultern gelegt und ging trotzdem durch den Aufruhr in dem Garten ihres Vaters. Sie besah sich, was kaputt gehen konnte und sicherte es, so gut es ihr in diesem Moment möglich war. Sie ergab sich dem Rauschen der Blätter der Eiche und stand einige Augenblicke regungslos, bevor sie weiterging.

Kurz darauf betrat ohne Ankündigung ein junger Mann den Garten durch den Eingang. Er lächelte zu ihr hinüber und ging dann zu dem Kasten, in dem die Karten mit den Fragestellungen der letzten Tage deponiert waren. Er nahm sie, drehte sich noch einmal zu ihr um und winkte freundlich. Magdalene tat es ihm gleich und sah, wie er den Garten durch den Eingang wieder verließ.

Sie setzte sich, trotz des Windes und der Kühle an dem Platz von gestern. Dort, wo sie Raphael den Garten betreten gesehen hatte. Er hatte diesen Brief von Wilhelm gebracht bekommen und sie wusste instinktiv, dass nichts Gutes darin stehen konnte. Deshalb hatte er ihn nicht öffnen wollen.

Sie hatten ihn später gemeinsam geöffnet und konnten dann die halbe Nacht nicht schlafen. Ein sehr umfangreiches Anschreiben darin informierte sie über die Beschaffenheit des Bodens unter dem Haus und dem Garten.

Es war kritisch und beides lag auf einer Verwerfung entlang einer Linie, die andere Häuser im Ort ebenfalls betraf. Raphael hatte eine Flasche Rotwein geholt, sie geöffnet und beide hatten sie bei dem folgenden Gespräch gemeinsam getrunken.

»Ich werde hier nicht freiwillig gehen. Sie werden mich hier heraus tragen müssen, dass das klar ist! Mit den Füssen zuerst, anders nicht!«

Niemals zuvor war er derart überzeugt gewesen, als in diesen Momenten. Niemals zuvor hatte sein Ausdruck mehr an Intensität gehabt, als in diesem Augenblick. Und es war nicht der Wein, der das bewirkte.

»Ich will doch auch nicht hier weg!«, hatte sie darauf geantwortet. Und deshalb hatte er zu weinen begonnen. Und waren seine Worte schon eindringlich gewesen, dann waren es seine Tränen umso mehr.

Wenn man seinen Vater weinen sieht, dann passiert so viel im Herzen, dass zu erklären unmöglich scheint. Vor allem ist man hilflos und im Geschehen gefangen. Magdalene trug dieses Gefühl in sich, als Eirene ebenfalls plötzlich an dem windigen Morgen den Garten betrat.

Sturmklar

Du kommst,
um Zweige und Äste zu brechen,
die Jahre gewachsen sind
und sich in dieser Zeit ausprägen konnten.
Du nimmst dir das Recht zu erwählen,
was bestehen bleibt
- und was nicht.
Du arroganter Sturm,
derart in deiner Kraft bemessen,
dass du nicht Gnade kennst,
noch Mitleid den vielen Jahren gegenüber.
Verschonst nur, was dir beliebt.
Allein dir
und überlässt Gebrochenes allen anderen
- sturmklar.

Kapitel 4

»Bedrängt
denn welchen auch
Gutes ich tu, die sind mir
zumeist von allen zum Schaden.«

Sappho, Lieder und Strophen aus 9 Büchern

Hundstage

Was ist die Welt am Ende eines warmen Sommertages eine halbe Stunde nach sieben?

Traumverloren in gebanntem Nichtstun, welches von der noch immer andauernden Wärme des fast vergangenen Tages bestimmt wird. Hintertür zum leidhaften Wesen eines Jeden und gerade in denen, die vorgeben, diesen Zug nicht von Zeit zu Zeit in sich spüren zu können.

Wenn das Restlicht des Abends langsam in ein Dunkel hinübergeht, ohne Mahnung und ohne Versprechen. Immer auf dem Weg, ohne Unterlass und ohne dabei jemals anzuhalten. Denn Zeit steht bestenfalls subjektiv und nur punktuell still. Das ist die eigentliche Kunst des Menschen innerhalb dieses unverrückbaren Gefüges: sich darin zu bewegen und wohlzufühlen, ohne dabei die Orientierung zu verlieren.

Nur wenn Weiteres hinzukommt, dann kann es bedrängend werden. Und so war es an diesem Abend, als Raphael sich noch in dem Erkerzimmer des alten Hauses aufhielt. Er hatte die Fenster weit geöffnet, als er still und mit leerem Blick vor sich hinsinnierte. Da erklang erstmals das tiefe Grollen eines entfernten Donners, der mit jedem weiteren Klang immer intensiver zu werden schien. Ganz leicht und kaum merklich. Er hatte vor vielen Jahren seinen Schreibtisch in Richtung der Fenster gestellt, so dass er zu jeder Tageszeit auf seinen Garten hinausschauen konnte. Er befand sich im 2. Stockwerk, deshalb sah er immer gern dort hinab. Dahinter konnte er wunderbar bis zum westlichen Horizont sehen, auf welchem einige alte Baume ungeordnet aneinandergereiht ihre Schattenrisse zum abschließenden Klang der Farben eines jeden Tages gaben.

Es waren in den vergangenen Jahren gute Farbklänge gewesen. Sie waren jeden Abend anders und egal mit welcher persönlichen Stimmung man sie betrachtete, sie waren schön. Der Wind frischte zu seiner Erleichterung etwas auf und trug frische Luft aus den im Westen liegenden Höhengebieten in sein Zimmer.

In den verchromten Bauteilen seiner Gehhilfe sah er das leichte Flackern zuerst, welches ebenfalls mit dem Wind aus dem Westen kam. Es war ein nur unmerklich hell aufflackerndes Ereignis, das sich parallel zu dem Grollen in der Entfernung ebenfalls zu steigern schien. Die Eiche unterhalb begann im Garten ihr tiefes Rauschen auf eine Weise zu verändern, wie sie es nur bei Gewitter und Sturm machte. Aus dem sanften gewohnten Klang wurde ein kraftvolles Brausen der Blätter des alten Baumes.

Vor ihm auf dem Schreibtisch lag eine Schachtel *Attika*-Zigaretten, die frisch geöffnet worden war. Er entnahm die Erste daraus, zündete sie aber zunächst nicht an, sondern ging stattdessen näher an das offene Fenster und stellte sich in den stärker werdenden Wind, der ihm dort entgegenwehte.

Der Westen brachte schwarze Wolken, die bald den ganzen Horizont einfärbten. Immer mehr verblassten davor die Silouhetten der entfernten Bäume außerhalb des Ortes in der freien Landschaft. Die Wolken nahmen ihnen die Kraft des Kontrastes gegen das Licht und nur punktuell leuchteten sie wieder als Schattenrisse dort auf, wenn das Wetterleuchten unvermittelt einsetzte.

Und dieses Leuchten erhellte ebenso das Gesicht Raphaels, der dort am Fenster schaute und die dramatische Wandlung des Wetters an diesem Abend gebannt verfolgte. Noch immer lag das Feuerzeug auf seinem Schreibtisch und die Zigarette verblieb unentzündet.

Magdalene lief durch den Garten und schien dort noch etwas ordnen zu wollen. Sie war dabei nicht hektisch, sondern flink und es sah so aus, als würde sie eine Übersicht in ihren Handlungen wahren.

Sie sah kurz hinauf zu dem Fenster ihres Vaters und winkte ihm einmal zu. Er erwiderte das mit einer leichten Geste der Hand, in welcher er die Zigarette hielt. Dann fuhr sie in ihrem Tun fort und war bald wieder unten im Haus verschwunden.

Der Klang der Baumkrone und die immer heller werdenden Blitze begleiteten diese Momente in gewisser Hektik und Erwartung.

In diesem Augenblick geschah aber etwas anderes und das sehr unerwartet. Ein heller Kombi parkte auf der Straße vor dem Garten und eine Person stieg aus. An der Seite des Wagens waren ein Emblem und ein Schriftzug. Beides konnte Raphael von seiner Position im zweiten Stock des Hauses nicht erkennen oder lesen. Er hatte für sein Alter noch immer gute Augen, was die Fernsicht betraf, in diesem Fall aber musste er passen. Jetzt trat er ganz nah an das Fenster und streckte ein wenig seinen Kopf heraus, um sehen zu können, was genau die Person gerade in diesem Moment wollte.

Diese verblieb aber zunächst in dem Bereich der Außenseite der Mauer, die Raphael erst kürzlich gestrichen hatte und wurde von ihm aus dem zweiten Stock etwas misstrauisch beäugt. Das schien sie aber in keiner Weise zu bemerken.

Denn der Fremde nahm sein Mobiltelefon und fotografierte einigen der Stellen und zu dem Wetterleuchten aus der Landschaft kamen nun noch die kleinen Blitze der Kamera des Mannes unterhalb.

Der Wind wurde erneut stärker und der alte Baum antwortete darauf mit einem immer beständigeren und heftigeren Brausen an diesem Abend. Der Mann unterhalb schien das ebenfalls wahrzunehmen und hielt einen Moment inne, um sich umzuschauen und letztendlich den Garten zu betreten.

Jetzt trat Raphael von dem Fenster wieder zurück an den Schreibtisch, legte die Zigarette vorsichtig auf der Arbeitsplatte neben der Schachtel und dem Feuerzeug nieder und schritt etwas unbeholfen ohne seine Gehhilfe in Richtung der Tür.

»Magdalene? Magdalene...!«

Im Erdgeschoss des Hauses waren leichte Geräusche zu hören, dann den Laut einer sich öffnenden Tür.

»Ja, Vater! Was ist denn?«

»Da ist gerade jemand in unseren Garten hineingegangen. Willst Du nicht mal schauen, was der bei uns will, wo sich doch draußen gerade etwas zusammenbraut?«

»Da ist jemand? Ich war doch gerade eben noch dort und...«

»Nee, der ist später gekommen, wie du schon drinnen warst.«

»Ach so! Gut, ich kann mal schauen.«

»Das wäre gut!«

»Mache ich. Kein Problem!«, und man hörte ihre Schritte, die sich von der Tür zum Treppenhaus deutlich entfernten.

Raphael versuchte, schnell wieder zurück zu dem Fenster zu gelangen. Der Wind hatte weiter an Kraft gewonnen und die Kronen der Bäume im angrenzenden Waldstück wiegten sich wie die wilde Wasserfläche eines Meeres zu Beginn eines Sturms, der kurz davor war, dort anzukommen.

Er schaute erneut hinunter in den Garten und sah die fremde Person langsam dort hindurchschreiten. Und immer wieder blieb sie unvermittelt stehen und warf interessierte Blicke auf die Symmetrie des Gartens, den alten Baum sowie auch die Fassade des Hauses.

Schließlich ging die Person so nah an die Mauer, dass Raphael nicht mehr ausmachen konnte, wo genau sie war. Aufgeregt versuchte er, wieder zur Tür des Zimmers zu gelangen, und beugte sich etwas in das Treppenhaus hinab.

»Magdalene, bist du schon im Garten?«

»Nein, ich habe mir noch schnell die Regenjacke angezogen, es geht ja bald los da draußen.«

Sie musste noch bei den Kleiderhaken an der Eingangstür des Hauses sein, denn ihre Stimme klang leicht entfernt und und durch die verwinkelten Räume ein wenig verfremdet.

»Er ist jetzt irgendwo nah am Haus. Ich kann ihn von hier oben nicht mehr sehen.«

»Ist gut, ich werde einfach schauen, dann sehen wir weiter, Vater.«

»Aber sei vorsichtig!«, doch er hatte das Gefühl, dass dieser Satz sie in diesem Moment nicht mehr erreichen würde. Langsam bewegte er sich zurück an das Fenster. Er merkte, dass das nun schon viel schwerer ging als die Male zuvor.

Gleichzeitig war ihm so warm, dass seine Stirn feucht wurde und ein Tropfen genau in das linke Auge lief. Er nahm schnell ein Taschentuch aus seiner Hosentasche und wischte die salzige Flüssigkeit aus dem Bereich des Auges fort. Es brannte eine Weile, doch er war viel zu interessiert daran, was zwei Stockwerke tiefer im Garten vor sich ging.

Als Magdalene den Gartenbereich betrat, hatte es längst begonnen zu regnen. Noch waren es wenige Tropfen, aber sie waren groß und man merkte deutlich ihren Aufprall auf der Stirn.

Sie sah hastig umher, um die fremde Person ausmachen zu können, konnte aber im ersten Moment nichts von ihr sehen. Der Garten war aufgrund der starken Bewölkung sehr dunkel geworden und nur die einzelnen Lichtblitze erhellten ihn sporadisch und für kurze Momente, die nicht greifbar schienen. Das vertraute und wohlige Rauschen der alten Baumkrone war mittlerweile zu einem unangenehm eindringlichen Brausen angewachsen, welches sie instinktiv fürchtete und deshalb Abstand von dem Baum hielt.

»Er ist links herum! Schau vielleicht da einmal nach!«, es war die Stimme ihres Vaters, der die Situation von oben besah und auch schon nass geworden sein musste.

»Ist in Ordnung, das werde ich!«, und sie schaute gar nicht zu ihm hinauf, als sie diesen Satz erwiderte und sich sogleich seitlich drehte und dann, in einem der lichthellen Momente, plötzlich die Gestalt vor sich sah.

Sie erschrak zunächst und die ihr gegenüberstehende Person hielt ebenfalls für einen Moment inne.

»Sie können heute Abend leider kein Kärtchen ausfüllen, aufgrund des Wetters geht das nicht!«

Sie hatte all ihren Mut zusammengenommen und versuchte dabei, so höflich wie möglich zu sein. Der Mann, der ihr gegenüber stand, schaute etwas verdutzt und der immer stärker werdende Regen gab dem Moment und seinem Gesichtsausdruck eine bedrückende Skurrilität.

»Welches Kärtchen sollte ich denn ausfüllen wollen?«, erwiderte dieser in einem etwas mehr als nur erstaunten Tonfall.

In dieser Sekunde ertönte ein lauter Donner nahe über ihnen und beide zuckten ein wenig zusammen und drehten die Köpfe seitlich, um nicht zu sehr von dem kurz vorausgegangenen Blitz geblendet zu werden.

»Es wird langsam zu gefährlich hier draußen. Wollen Sie nicht mit hinein kommen?«

»Das ist vielleicht keine schlechte Idee. Ich komme gerne mit, wenn Sie erlauben.«

»Na dann...«, und Magdalene schritt entschlossen voran und öffnete die Tür, aus welcher sie nur Minuten zuvor hinausgetreten war.

Lichtfleckenmarmor

Vor diesem Himmel
sind sie alle gleich.
Dramatisch durchwirkt
in sanften,
wie in schroffen Schattierungen
und begleitet
von einem Licht,
das so gar nicht
irdisch erscheint.
Lichtfleckenmarmor
und eine Andacht,
die dem Ruf nach Freiheit gleicht.
Gefolgt
von einer Dramatik,
für eine
kurze Weile.

Unangekündigter Besuch

»Sie sind sicherlich ganz nass!«

»Ja.«

»Warten Sie, ich hole Ihnen erst einmal ein Handtuch, mein Vater wird auch gleich dazu kommen. Er braucht nur ein wenig für die Treppen.«

»Das ist nett, ich danke ihnen.«

»Kein Problem«, mit dem letzten Wort ließ sie den Fremden allein in der Küche des Hauses und kam nur kurze Zeit später mit dem Handtuch für ihn zurück.

Als sie gerade dabei war es ihm zu reichen, berührten sich die Hände und beide erschraken reflexartig. Er, aufgrund der Wärme und sie, aufgrund der Kühle seiner Hand. Er versuchte sofort, passende Worte zu finden.

»Entschuldigen Sie bitte meine Ungeschicktheit.«

»Tee?«

»Lieber einen Grog, wenn möglich!«

»Auch gut«, und sie drehte sich zu dem Wasserkocher, den sie dann über der Spüle mit Wasser füllte.

»Ihr Garten ist öffentlich?«

»Ja, wir heißen die Leute bei uns willkommen. Alle die, die etwas über sich erfahren wollen.«

»Und die füllen *Karten* aus?«

»Ja. Sie können Fragen stellen!«

»Fragen?«

»Ja, Fragen!«

»..., die *Sie* dann beantworten?«

»So ungefähr. Eigentlich antwortet das Rauschen der Blätter und die Vögel, die darin singen. Wenn ich das in der richtigen Stimmung höre, dann weiß ich eine Antwort.«

»Okay?«

»Sie halten mich gerade für ein wenig komisch, oder?«

»Nein, ich...«

»Geben Sie es doch einfach zu...«, und dann öffnete sie eine Tür des Küchenschranks und stellte ein Flasche Rum auf den in der Mitte des Raums stehenden Tisch. Er schaute sie dabei zunächst wortlos an. Ihre Wangen waren ein wenig gerötet und er fror jetzt richtig.

»Haben sie da irgendeinen wissenschaftlichen Beleg für?«

»Die Griechen der Antike nannten es Mantik.«

»Oh, *so* etwas!«

»Was soll das denn heißen?«

»Sie betreiben hier so eine Art Orakel nach antikem Vorbild, oder?«

»Wenn Sie so wollen, ja.«

»Okay...«

In diesem Moment waren Schritte zu hören, die sich langsam der Küche näherten.

Nichts Geringeres

Nichts Geringeres
als die Ehrlichkeit
will ich
in verschiedener Weise
in solche Zeilen fassen.
Möchte all das Leben
in seinem
ureigenen Fluss
belassen
und nur den Wink
einer Reflexion
Möglichkeit geben,
danach zu streben,
kurz zu erhellen und beleuchten,
was ansonsten
im Dunkel verborgen
wäre.

Hiobsbotschaften

Als Magdalene vorsichtig die Tür der Küche zum Treppenhaus hin öffnete, stand ihr Vater mit einem sehr ernsten und skeptischen Blick davor. Er nickte der Tochter mit einem leicht angedeuteten Lächeln zu und wandte sich sofort der ihm fremden Person in dem Raum zu.

»Raphael!«

»Ove.«

Magdalene bemerkte in diesem Moment, dass sie sich noch gar nicht einander vorgestellt hatten. In dieser Situation blieb sie allerdings stumm, da sich die Stimmung plötzlich sehr angespannt anfühlte und noch von den lauten Donnergeräuschen außerhalb intensiviert wurde. Beide Männer schauten sich eine Zeitlang an. Sie schüttelten nur kurz die Hände und es war Raphael, der den Anfang machte.

»Was wollen Sie denn bei diesem Wetter von uns? Der Garten bleibt heute geschlossen. Wir haben vergessen, das Schild aufzuhängen.«

Ove schaute Magdalene an, dann sah er wieder hinüber zu ihrem Vater.

»Ich möchte nicht die Dienste in ihrem Garten annehmen. Ich bin hier, um eine Informationspflicht wahrzunehmen. Es betrifft das Grundstück und auch das Haus, welches darauf steht.«

»Information? Oder ist es vielleicht noch viel mehr?«

»Ich komme vom geologischen Institut der Universität und bin heute nicht hier bei Ihnen, um Sie oder die junge Dame zu ärgern oder zu beunruhigen. Es geht um ihre Sicherheit und deshalb mache ich mich selbst bei diesem Wetter auf den Weg zu Ihnen.«

»Sie haben uns doch schon einen Brief geschrieben.«

»...und bisher noch keinerlei Antwort von Ihnen erhalten...«

»...weil es darauf keinerlei Antwort gibt!«
»Wie das?«

»Ich werde nicht von hier fortgehen, egal, was Sie auch immer jetzt vorbringen werden.«

Magdalene schaute ihren Vater nachdenklich an.

»Wir sollten vielleicht erst einmal hören, was genau er uns zu sagen hat. Dann können wir ja immer noch entscheiden, ob...«

»Magdalene, er wird uns mitteilen, dass wir das Haus und Grundstück zu verlassen haben. Da wird es ansonsten nicht viel zu entscheiden geben.«

Ove hob ruhig die Hand ein wenig in die Höhe und hatte damit wieder die volle Aufmerksamkeit von Raphael.

»Das Problem ist der Grundwasserspiegel auf den geologischen Strukturen etwa zehn bis fünfzehn Meter unter Ihrem Grundstück. Darauf befindet sich eine Sedimentschicht, durch welche sich das Grundwasser in den letzten Jahren bewegt hat. Dieser Grundwasserspiegel war weitgehend konstant. Wir haben aber, und Sie haben es sicherlich schon selbst bemerkt, ausgedehnte Zeitabschnitte ohne Niederschlag. Dann kommen Regenfälle, die recht ergiebig sind und diesen Spiegel wieder enorm ansteigen lassen. Diese extreme Bewegung des Grundwasserspiegels hat zu einer Instabilität in einem Bereich geführt, der sich durch einen großen Bereich des Ortes zieht. Leider befindet sich auch Ihr Grundstück in dieser fragilen Zone. Das tut mir leid, aber ändern kann ich es nicht – deswegen die Information!«

»Und Sie glauben, ich könnte Ihren Vorschlägen, die sicherlich gleich kommen, nach den vielen Jahren hier einfach so folgen?«

»Das weiß ich natürlich nicht. Aber es wäre zumindest vernünftiger.«

»Vernünftiger? Pah!«, und er schüttelte den Kopf mit einem explosionsartigen Laut, der noch etwas im Treppenhaus des Hauses nachhallte.

»In näherer Zukunft wird Ihr Gebäude baufällig sein, und zwar auf eine Art, die sie nicht mehr reparieren können!«

»Junge, ich bin jetzt 75 Jahre alt. Was glauben Sie denn, was ich mit dieser Gehhilfe hier noch alles reparieren kann? Mal ganz ehrlich!«

»Und was ist dann mit Ihrer Tochter, die es für Sie machen müsste?«

»Ove, ich habe meinem Vater bisher bei allem geholfen und ich denke nicht, dass...«, sie zog bei diesen Worten ihre Augenbrauen erregt etwas in die Höhe.

»Ich bitte Sie beide, das kann ich mir ja doch vorstellen. Nur, wenn euch der Boden unter den Füßen einbricht, dann wird es einfach nur gefährlich. So ist es und da beißt die Maus keinen Faden ab!«

Magdalene schaute ihn wieder etwas beruhigter an.

»So schlimm ist es?«

»Leider ja. Und ich war heute schon bei fünf weiteren Haushalten, die logischerweise ganz ähnlich reagiert haben. Nur das, das sind die wissenschaftlichen Fakten von unserer Seite aus. Wir haben viele Proben aus der entsprechenden Bodentiefe genommen, das Erdreich gescannt und durchgemessen. Die Ergebnisse sind evident. Und noch einmal: Mir tut es wirklich leid, aber eine Entscheidung kann ich für keinen der Haushalte treffen – ich informiere lediglich darüber und weise verstärkt auf die schon bald drohende Gefahr hin. Nach diesem Unwetter draußen steigt der Pegel wieder an und die Strukturen unter euch werden immer instabiler. Gott weiß, wie lange das dann noch hält. That's it!«

»Wissen Sie, wie alt die Eiche dort im Garten ist?«

»Ja, ich kann es vermuten, da ich sie mir selbst angeschaut habe. Es ist ein prächtiger Baum.«

»...und er *klingt* so gut!«, Magdalene schob das so unvermittelt ein, das Ove beinahe erschrak und danach zu lächeln begann.

»Ich kann mir das alles wirklich vorstellen. Wirklich.«

»Wollen Sie noch einen Grog?«

»Nein, danke sehr, aber das ist nett. Ich muss noch zu einem weiteren Haushalt, dann bin ich für heute fertig.«

Raphael schaute ihn an und nickte einmal kurz.

»Wie viel Zeit bleibt noch?«

»Das kann ich Ihnen leider nicht genau sagen. Es hängt von den Niederschlagsmengen und den Trockenperioden ab. Das allein gibt in der Tiefe den Ausschlag. Wir haben hier gelegentlich Minibeben, auch das könnte etwas dazutun. Wie gesagt, festlegen kann ich mich nicht. Warten Sie nur bitte nicht zu lange.«, und jetzt nickte er nacheinander in die Richtung von Raphael und Magdalene. Raphael hielt dabei die Augen ungewöhnlich lange geöffnet.

»Vielen Dank für Ihre Information und Sorge.«

»Gern geschehen. Mir liegt die Sicherheit der betroffenen Personen am Herzen.«

In diesem Moment klopfte es erneut an der Tür, die hinaus in den Garten führte. Magdalene öffnete und Eirene trat atemlos und völlig durchnässt ein.

»Was ist das für ein Unwetter. Von dem Baum ist ein ziemliches großes Aststück abgebrochen. Da müsst ihr am Morgen, wenn wieder alles vorbei ist, mal nachsehen.«

In diesem Moment bemerkte sie die Blicke der drei Personen auf sich und stockte zunächst. Magdalene griff ihr sanft an die Schulter und lächelte.

»Brauchst du ein Handtuch oder einen Grog?«

»Nein, danke dir. Aber, wenn jemand vielleicht in Richtung Ort fährt, dann...«

Ove lächelte sie an und nickte.

»Ich fahre jetzt dort hin und kann Sie gern das kleine Stück mitnehmen.«

»Oh, das ist aber nett. Ich komme gern mit.«, Eirene erwiderte dabei auf eine sehr besondere Art das Lächeln des ihr unbekannten Mannes.

Magdalene sah das und schaute kurz ihren Vater an, der sich bereits umgedreht hatte und gerade dabei war, die Küche zu verlassen.

Dann schaute sie zu Eirene.

»Und du meldest dich morgen? Vielleicht brauche ich deine Hilfe mit dem Aststück!«

»Klar, das mache ich.«

Ove reichte ihr die Hand.

»Versuchen Sie mit ihrem Vater zu reden und danke für den warmen Grog. Der hat gut getan.«

»Machen Sie es gut, Ove.«

Und er sah den beiden nach, wie sie rasch durch den Regen und den Eingang zum Garten zu dem Wagen des geologischen Institutes gingen, mit dem Ove vor einer halben Stunde allein gekommen war.

Der Regen prasselte dabei so laut, dass von den Blättern der alten Eichen an diesem Abend nichts zu hören war.

Traue Dich

Es wäre
so schade,
würdest du jetzt schweigen.
Nun

kannst du allen zeigen,
dass auch in dir
ein Wort verborgen.
Mache dir
um die Reaktionen
keine Sorgen.
Dich kümmert das Wort -
und nicht
sein Nachhall!

Der Morgen nach dem Sturm

Eirene kam an diesem Morgen schon früh in den Garten, und sie kam nicht allein.

»Guten Morgen ihr beiden«, Magdalene schaute dabei ein wenig erstaunt von ihrem Sitzplatz seitlich der Eiche auf.

»Guten Morgen, ich habe gestern mitbekommen, wie der Ast brach, da wollte ich heute ein wenig mithelfen, bevor ich meine Tour zu den anderen Haushalten fortsetzen werde.«

»Das ist aber nett, Ove. Danke!«

Ove druckste ein wenig in Magdalenes Richtung.

»Es hat mir gestern sehr leid getan, ich habe an ihrem Vater gemerkt, wie wichtig hier alles für ihn sein muss. Ich verstehe das ja auch.«

Magdalene schaute jetzt ein bisschen strenger.

»Es ist gut Ove. Das wurde gestern schon gesagt und es ist in Ordnung so. Wir werden für uns eine Lösung finden.«

Eirene schaute ein wenig verwundert zu den beiden, dann hinunter zu der sitzenden Magdalene.

»Wir haben gestern noch gemeinsam etwas getrunken...«

»... Eirene, du warst klatschnass!«

»Nach dem Trocknen natürlich. Wir waren noch in einem der neuen Bistros im Ort.«

»Ach so?«

»Ja. Und da hatten wir beschlossen, euch beiden ein wenig mit dem Ast zu helfen, Raphael kann ja nicht mehr so, wie...«

»...täusche dich mal nicht, der kann noch sehr viel!«

Eirene hielt einen kleinen Moment inne.

»Na, was ich sagen möchte, hier steht dir jetzt Hilfe zur Verfügung.«

»Ich danke euch!«

»Gern!«, Ove sagte das jetzt in einem etwas erleichterten Tonfall.

In diesem Moment öffnete sich die Tür, die von dem alten Haus hinaus in den Garten führte. Zuerst kam die Gehhilfe zum Vorschein, danach Raphael, der sichtlich mit seiner Kondition an diesem Tag haderte. Er hatte ein wenig Mühe, die Rollen der Gehhilfe über die Bodenleiste zu bewegen, die bei starkem Regen das Wasser von dem Haus fernhielt. Dazu war er ein wenig außer Atem und sah nun etwas erschöpft in die vor ihm versammelte Runde der drei Anwesenden. Doch als er Ove sah, weiteten sich seine Augen plötzlich.

»Oh, er ist auch schon wieder da? Gibt es denn erneut miese Neuigkeiten?«, er begann leicht zu zittern und Magdalene stand schnell auf, um ihn zusätzlich zu der Gehhilfe zu stützen.

Als sie bei ihm ankam, legte er seinen Kopf schwach an ihre Schulter und hielt einen Moment inne.

»Kind, ich danke dir.«, dann verblieben beide für einen kurzen Moment still. Eirene und Ove sagten kein Wort während dieser Zeit. Sie schauten nur. Unbemerkt begannen die Blätter in der Baumkrone der Eiche über ihnen leise zu säuseln und ein feines Rauschen war der einzige Kommentar zu dieser Situation.

Magdalene lenkte gezielt ihren Blick auf Ove und redete zu ihm in einem sehr bestimmten Tonfall.

»Sie sollten jetzt besser gehen. Mein Vater regt sich wegen ihres Daseins heute Morgen zu sehr auf.«

»Aber er wollte doch nur…«, indes fasste Ove Eirene ganz sanft an die Schulter und unterbrach so wortlos ihren Satz und das Verlangen ihn zu rechtfertigen.

»Ist schon in Ordnung. Ich gehe.«

Eirene nickte ihm einmal traurig zu, dann entfernte er sich langsam und gefasst durch das Tor in der Mauer aus dem alten Garten hinaus.

Als Magdalene bemerkte, dass ihr Vater wieder die nötige Ruhe gefunden hatte, ließ sie ihn und ging zu Eirene hinüber.

»Das ging aber schnell mit euch beiden. Ich dachte, von den Männern hattest du die Nase voll?«

»Mensch, das hat sich eben gestern so ergeben. Er hatte keine Lust auf noch so einen Besuch an diesem Abend und ich wollte gern etwas trinken gehen. So simpel ist es.«

»Ist doch auch völlig in Ordnung.«

»Bist du etwa ein wenig eifersüchtig?«

»Ach, Quatsch.«

»Wirkt aber ein bisschen so...«, darauf folgte ein kleiner Moment der Stille.

»Ich werde gleich erst einmal die elektrische Kettensäge aus dem Haus holen. Der Ast im Ganzen ist zu schwer, den müssen wir erst einmal kleiner machen.«

Raphael war indes unbemerkt von der Tür unter den Baum gelangt und stand fassungslos vor dem beindicken Ast, der vor ihm lag.

Er schaute nur stumm und keiner der beiden hatte die Tränen bemerkt, die ihm dabei über seine Wangen liefen.

Beständigkeit.
Warst immer
das Symbol für Beständigkeit.
Ein alter Baum,

den niemand im Rennen
um mögliche Lebensjahre einholen konnte.
Hattest jederzeit
die Ausstrahlung
des Unberührbaren und aller Kraft
die es braucht,
Träume über Jahre zu verwirklichen.
Alter Baum,
nun stehst du gebrochen da
und ich weiß als Worte
nur salzige Tränen,
die dich neu stärken sollen.
Nimm sie
als unbedeutende Gabe
eines einzelnen Menschen,
der in deinem Schatten
in vielen Jahren
so gern zu sitzen
sich wünschte.

Gemeinsam sein.

Am Mittag des gleichen Tages saß Raphael noch immer unter der mächtigen Krone des alten Baumes. Eirene war bereits vor einer Stunde gegangen und Magdalene war bei den letzten Handgriffen, um die Reste des gebrochenen Holzes ordentlich aufeinander zu stapeln und den Platz aufzuräumen. Sie hatte dazu gleichzeitig die Wege gekehrt und oftmals bei ihrem Vater gesessen, der mittlerweile wieder ganz ruhig und in einer nicht mehr so wehmütigen Stimmung war.

Nun setzte sie sich erneut zu ihm und schaute in die leuchtenden aufwärts blickenden Augen, die mehr zu hören schienen, als dass sie sahen.

»Ich werde uns einen guten Tee aufbrühen und gleich etwas zu essen machen, was hältst du davon?«

»Sehr viel. Ich werde mit dir kommen und helfen, was ich kann.«

In diesem Moment fuhren einige Wagen vor der Mauer vor. Es waren ungewöhnlich viele davon, denn ansonsten kamen immer nur ein oder zwei Fahrzeuge zugleich. Jetzt aber schienen es zehn oder sogar mehr zu sein.

Türen wurden geöffnet und man hörte heitere Stimmen aus den Wagen auf die Straße hinaus klingen.

Magdalene und Raphael schauten sich wortlos und erstaunt an.

»Weißt du etwas davon?«

»Nein, aber ich habe die neuen Karten in die Box gelegt. Wir können heute wieder so wie immer fortfahren.«

»Das ist gut, aber…,«, weiter kam er nicht, denn Vater und Tochter schauten unvermittelt in zahlreiche bekannte und unbekannte Gesichter aus dem Ort. Sie hatten Schüsseln dabei, die mit deftigen und leichten Salaten gefüllt waren. Eine Frau trug eine Stofftasche voller Brot und

Baguettes. Wieder ein anderer brachte einen kleinen Grill mit in den Garten und alle, sie alle strahlten die beiden Personen unter dem alten Baum an.

Raphael war zu erstaunt etwas zu sagen, ehe der Mann mit dem Elektrogrill dieses Schweigen unbefangen brach.

»Wir bräuchten nur einen Stromanschluss für den Grill dann kann es schon losgehen!«, und er schaute dabei auch Magdalene an, die sich erhob und sogleich in das Haus ging, ihm eine Kabeltrommel zu bringen.

Sie holte auch die Tische und Stühle, nahm sie hinaus mit in den Garten und sofort saßen alte Bekannte bei Raphael unter dem Baum und unterhielten sich angeregt mit ihm. Als Magdalene aus dem Haus wieder in den Garten hinaustrat, sah sie ihren Vater und all die anderen miteinander lachen und reden und der Schatten des Baumes gab ihnen das Wohlsein, welches hier plötzlich in reinster Form zugegen schien.

Niemals allein

Bist niemals allein.
Frei zu sein
heißt nicht zugleich
auch ›einsam‹ zu sein.
Da ist immer jemand mit dir,
bei dir,
und in dir,

der die Spur zu dir
niemals verliert.
Bist niemals zu klein,
um auch die Freude
in dunkle Momente zu mischen.
Bist immer im Stande
das Licht zu sehen,
welches aus jedem Dunkel
dir hervortritt.
Bist niemals allein
- nur vertrauen
musst du.

Epilogos

»Sage dem König,
das schön gefügte Haus ist gefallen,
Die Zuflucht Apollons dahin,
der heilige Lorbeer verwelkt,
die Quellen schweigen für immer,
die Stimme verstummt.«

Spruch der Pythia, Delphi, 3. Jh. n. Chr.

Eine Frage

Woran bemisst man den Wert eines Traumes, woran den seines Vergehens? Ist das alles nur nichtstoffliche Flucht in eine ungewisse und unbestimmte Zukunft voraus, oder bleibt es eine Sehnsucht und Illusion? Verkommt der Traum nur zu einem lieb gewonnenen Begleiter die Zeiten hindurch, oder kommt ihm ein anderes Gewicht im Spiel der Geschicke des Lebens zu? Was passiert, wenn er verloren geht?

Traum ist ein ewiger Gefährte der Zeit. Er gibt sich auf in ihrem Vergehen und kommt, wann immer es ihm passt. Er erscheint und er vergeht. Mit gleicher Beiläufigkeit wie jede Fügung, die das Leben zu lenken vermag. Ein Traum entsteht durch das Leben und er ist ganz in der Zeit. Dort herausgenommen würde alles Leben unwirklich und öde, abgetragen und fahl und in Stillstand begriffen.

Doch Leben ist niemals Bewegungslosigkeit und so kann auch der Traum nur im Vorangehen sein. Im immer währenden Bewusstsein, jederzeit wieder von ihm lassen zu müssen.

Sehnsuchtsvolles Halten an den Formen eines Gesterns, das schon verblasst und unwillig vergangen ist. Nachhall von Ereignissen, die sich in behüteten Räumen abspielten.

Aber auch die Welt selbst will die immerwährende Veränderung. Nicht nur des Menschen, sondern auch der ihn umgebenden Umstände. Nichts ist so traurig wie die Kreatur, die das zu akzeptieren nicht in der Lage ist; der es nicht möglich ist, diesen einen Wesenszug zu dulden. Das wäre nicht nur Verlust der Realität, sondern Wegfall von allem, das war - und allem, was unaufhaltsam kommen wird.

Traumtänzer müssen dieses Gesetz sehr schnell begreifen, um damit umgehen zu können. Die Ernsten haben es ein wenig schwerer - und der Sensible vermag daran zu verzweifeln.

Nichts ist im Traum, was nicht auch Realität sein kann. Und immer wieder verbleibt ein Nachhall des Erträumten, das ist wichtig.

Tolerierst du einen Vergang, so wirst du freudvoll einen neuen Beginn akzeptieren können. Nichts ist so einfach gesagt und so schwer vollzogen, wie dies. Handelt es sich dabei um einen

Lebenstraum, dann erfordert es die größten aller möglichen Kräfte, um das zu bestehen.

Das Werden entsteht im Vergehen. Ewiger Kreislauf und beständiges Ringen um Anerkennung einer Schönheit, die dort nur ihr wahres Gesicht findet. Unvorstellbares Dilemma und rätselhafter Fortgang, so nah beieinander und im Strom der Zeit geborgen. Nichts ist wie das, denn es ist Gesetz des Lebens und allen Seins.

Selbst die Dauer eines Sterns ist bemessen, wenn auch in anderen Zeitkategorien als denen eines Menschen.

Lege dich daher in die Hände der Zeit und gewähre ihr den einfachen Zugriff auf diesen ganz natürlichen Vorgang. Dann bist du in der Zeit, dann *wirst* du zu dieser Zeit. Traumwandlerisch oder verklärt, genau schauend oder duldend - es ist dabei egal.

Woran bemisst sich also der Wert eines Traumes? Sage es mir, so sage es mir doch?

Vermischte Farben
  auf nochfeuchtem Grund
  zerfließen
  und ersprießen zu Gebilden,
  die unwirklicher nicht sein können.
  Die Räume erfüllen,
  oder zumindest
  ein wenig Collage
  dort hinein wünschen.

Grundlos fliehend
und dem Leinengrund
entbunden,
auf Wegen
hin in Freiheit
und Form.

Vermischte
Farben
auf nochfeuchtem Grund
und Licht,
das allen Zauber
entfesselt.

Ein verblassendes Bild

Ich stand ruhig und wortlos vor dem Landgasthaus und sah hinüber zu dem Grundstück auf der anderen Straßenseite. Der Wind griff kräftig in mein Haar. Er ergänzte mit seinem Klang die Geräusche der auf der Straße vorbeifahrenden Fahrzeuge, die immer wieder den Blick darauf durchkreuzten und damit kurzzeitig unterbrachen.

Vergang und Fortbestand. Seit allem Anbeginn unzertrennliche und enge Freunde. Alles *ist* in diesem Vergehen. Alles erfährt nur dadurch seinen Bestand.

Das schien so unbarmherzig zu klingen und betrachtete man es einmal genauer, so war es das auch. Aber Schönheit tanzte nicht mit dem

Stillstehen der Zeit. Sie vermochte in einigen wenigen Fällen alterslos zu wirken, doch mit dem Vergehen von allem auf Erden, verging auch dessen Herrlichkeit. In Erwartung eines erneuten Anbeginns, eines neuen Anhebens in einer weiteren und wieder veränderten Form. Darin lag möglicherweise die eigentliche Schönheit. Schlicht gesagt, es war das Phänomen dieses Wandels an sich. Und das, das konnte man als eine Wahrheit erkennen.

Es war eine Wahrheit, vielleicht auch Weisheit, die von dem modernen Menschen gern ignoriert wurde. Niemanden gelüstete es, sich beständig mit seiner eigenen Hinfälligkeit konfrontiert zu werden. Wieso auch? Der Vergang würde allein vonstattengehen und die Illusion, seinen Verlauf aufzuhalten, oblag lediglich der naiven Seele und den Ignoranten des 21. Jahrhunderts.

Friedvoll und gefasst winkten die fast schon vertrockneten Wurzeln eines aus dcm Erdleib gewaltsam gerissenen Baumes von dem gegenüber liegenden Grundstück zu mir hinüber. Sie machten das in dem gleichen Wind, der mir durch die Haare strich und diesen außerordentlich wohl gewachsenen Baum in einem entfesselten Sturm zu Fall gebracht hatte. Das trockene Herbstlaub der daneben stehen gebliebenen Eiche gab jetzt zu diesem Bild das Rauschen hinzu und versöhnte jeden Gedanken über das Entstehen und Vergehen aufs Neue. In den Wind hineingegebene Zärtlichkeit, von den in der Krone verbliebenen mächtigen Ästen, die schon so viel gesehen und ertragen haben mussten.

Letztlich der Anlass für mich, noch einmal sanft zu lächeln, um gleich darauf meinen eigenen Weg entfernt von diesem Platz in aller Gelassenheit fortzusetzen.

Nicht mehr als das.